ADVENT IM GRANDHOTEL

Beate Maly wurde 1970 in Wien geboren, wo sie bis heute lebt. Zum Schreiben kam sie vor rund zwanzig Jahren. Sie widmet sich dem historischen Roman und dem historischen Kriminalroman. 2019 und 2023 war sie für den Leo-Perutz-Preis nominiert, 2021 gewann sie den Silbernen Homer.
www.beatemaly.com

BEATE MALY

ADVENT IM GRAND HOTEL

EINE WEIHNACHTS GESCHICHTE

emons:

MIX
Papier | Fördert gute Waldnutzung
FSC® C177064
www.fsc.org

Cäcilienstraße 48, 50667 Köln
info@emons-verlag.de
www.emons-verlag.de

Umschlaggestaltung: Nina Schäfer, unter Verwendung des Bildmotivs
shutterstock.com/standa_art
Gestaltung Innenteil: DÜDE Satz und Grafik, Odenthal
Lektorat: Uta Rupprecht
Druck und Bindung: sourc-e GmbH
Printed in Europe 2025
ISBN 978-3-7408-2601-7
Eine Weihnachtsgeschichte
Originalausgabe

Dieser Roman wurde vermittelt durch die Literarische Agentur
Thomas Schlück GmbH, 30161 Hannover.

Weihnachten ist keine Jahreszeit.
Es ist ein Gefühl.

Edna Ferber

PROLOG

Wien, Staatsoper, Dezember 1910

Das Wasser in dem weißen Emailwaschbecken war so kalt, als hätte sich vor Kurzem noch eine dünne Eisschicht darauf befunden. Dennoch tauchte sie den rauen Waschlappen immer wieder hinein und schrubbte sich mit erbarmungsloser Härte die Haut. So lange, bis sie rot war und an besonders empfindlichen Stellen aufzuplatzen drohte. Es wären nicht die einzigen Verletzungen an ihrem dünnen, sehnigen Körper. Als Tänzerin war sie größere und kleinere Blessuren gewohnt. Schon im zarten Alter von sechs Jahren hatte sie gelernt, Schmerzen zu ignorieren und auch dann weiterzuüben, wenn die Zehen blutig waren und die Muskeln brannten. Daran hatte sich bis heute nichts geändert. Signale des Körpers zu überhören und rücksichtslos darüber hinwegzugehen, war beim Ballett selbstverständlich. Das war der Preis, den man zahlte, um eines Tages mit Erfolg auf der Bühne belohnt zu werden. Zumindest wurde einem das versprochen. Ob es tatsächlich so kommen würde, konnte niemand vorhersagen. Wie viele ihrer Kolleginnen tanzten trotz eiserner Disziplin, Härte gegen sich selbst und ständigen Verzichts ihr ganzes Leben lang in der zweiten Reihe? Nie durften sie den süßen Duft des Ruhms schnuppern, die Belohnung für all die erlittenen Qualen.

Sie kräuselte ihre klassisch geschnittene Nase. Alles, was sie im Moment roch, war der Gestank der Erniedrigung, des Übergriffs und der Gewalt. Sie rieb den Waschlappen an einem Stück Rosenseife, bis weißer Schaum entstand. Erneut machte sie sich daran, ihren Körper zu malträtieren. Da klopfte es an der Garderobentür, und im nächsten Moment wurde sie bereits geöffnet. Sie besaß keinen Schlüssel, um abzusperren. Damit war sie nicht allein, keine der Tänzerinnen konnte die Garderobe verriegeln. Beim Umziehen oder Waschen überrascht zu werden, war alltäglich. Der Körper einer Tänzerin gehörte allen, nur nicht ihr selbst. Hastig zog sie ein Handtuch über ihre nassen Schultern.

Es war eine der Schneiderinnen, die vorsichtig den Kopf durch den Türspalt steckte. Sie entspannte sich. »Soll ich das Kostüm vor der Aufführung noch abnähen?«, fragte die Handwerkerin.

Bei der Generalprobe hatten sich zwei Rüschen ihres lilafarbenen Rocks gelockert. Sie hatte sie selbst notdürftig mit Heftfaden wieder befestigt. Für den kleinen Auftritt, den sie hatte, würde es ausreichen. Aber was, wenn sich ausgerechnet in den paar Minuten, die sie auf der Bühne war, die Rüschen lösten, zu Boden fielen und sie zum Stolpern brachten?

Dann konnte sie ihre gesamte Zukunft vergessen. Alles wäre umsonst gewesen. Nie würde sie den Applaus eines gefüllten Publikumssaals genießen können und im Licht der Scheinwerfer glänzen.

»Ja, bitte«, sagte sie. »Werfen Sie einen Blick auf das Kostüm.«

Die Schneiderin trat ein, ging zum Kostüm und machte sich auf die Suche nach der defekten Stelle. Schüchtern schaute sie zu ihr, wie sie sich abtrocknete, in ihr Korsett schlüpfte und es straff schnürte. Sah die Frau die blauen Flecken an ihrem Körper? Ahnte sie, woher die Blutergüsse stammten, und konnte sie sich denken, warum sie ihren Körper mit Rosenseife und kaltem Wasser bearbeitete?

Die Schneiderin schwieg und senkte den Blick wieder auf das Kostüm. Niemals würde sie es wagen, ihr Fragen zu stellen. Sie selbst griff nach einer Dose mit hellem Körperpuder. Mit einer großen Quaste aus weichen Federn verteilte sie den Puder, der nach Veilchen und Lavendel roch, über Schultern, Oberarme und Gesicht. Bald waren keine Unregelmäßigkeiten mehr zu erkennen. Sie wandte sich zum Spiegel. Eine zerbrechlich wirkende Frau mit dem feinen Teint einer Porzellanpuppe schaute ihr entgegen. Die Augen waren von tiefschwarzem Kohlestiftstrich umrahmt, was sie im schmalen Gesicht noch größer erscheinen ließ, als sie ohnehin waren. Das lange Haar war zu einem so strengen Dutt nach oben gebunden, dass die Kopfhaut spannte. Er erinnerte an ein kleines Krönchen, und das Blumenband, mit dem sie ihn umwickelte, verstärkte den Eindruck noch. Sie bot das Bild der perfekten Tänzerin. Wenn alles gut ging, würde sie eines Tages eine Primaballerina sein. Sie rang sich ein Lächeln ab, das ihre Augen nicht erreichte. Wie fühlte es sich wohl an, wenn der Traum in Erfüllung ging? Würde sie das lang ersehnte Glück empfinden?

Ihr Blick glitt zum Programmheft. In geschwungenen Buchstaben war »Aschenbrödel von Johann Strauss (Sohn)« zu lesen. Daneben die Namen der Solotänzer.

Der Ehrgeiz packte sie. Eines Tages wollte sie ihren eigenen Namen auf der Titelseite des Programmheftes lesen. Es war nicht sicher, ob sich die ganze Qual dafür lohnte, aber sie war schon so weit gegangen, dass es kein Zurück mehr gab. Sie konnte nur eines tun: Zähne zusammenbeißen und weiterkämpfen.

EINS

Wien, Mariahilf, 9. Dezember 1926

»Ist das dein Nikolaussack?« Anton zeigte auf ein prall gefülltes Jutesäckchen, das im Wohnzimmer am Fensterbrett stand. Ein Zwetschkenkrampus mit spitzer, langer Papierzunge im Walnussgesicht lehnte daneben. »Du hast ja noch nichts von deinen Süßigkeiten genascht.« Fassungslos sah Anton zu seiner Enkeltochter Rosa. Die Neunjährige lächelte ihn stolz an.

»Ich habe mit Fritzi eine Wette abgeschlossen. Er hat behauptet, dass er seinen Schokoladennikolaus länger aufheben kann als ich.«

Fritzi war Rosas bester Freund, die zwei Kinder steckten ständig zusammen. In der Reformschule von Lili Roubiczek besuchten sie dieselbe Klasse, waren beide Mitglieder im Wiener Eislaufverein und hatten gemeinsam schwimmen gelernt. Immer wieder forderten sie einander mit Aufgaben zu besonderen Leistungen heraus. So wetteten sie, wer mehr Tore beim Eishockey schoss, wer mehr Powidltascherl essen und wer beim Tauchen länger die Luft anhalten konnte.

Herauszufinden, wer länger auf seinen Schokoladennikolaus verzichten konnte, war neu und erschien Anton, der eine besondere Leidenschaft für Süßigkeiten hegte, geradezu masochistisch.

»Warum wollt ihr die Schokolade, den Lebkuchen und die getrockneten Feigen denn nicht essen?«, erkundigte er sich bestürzt. »Die Köstlichkeiten werden ja alt und schmecken dann nicht mehr gut.«

»Wir haben uns auf einen Endtermin geeinigt, damit das nicht passiert«, beruhigte ihn Rosa und setzte sich zu ihrem Großvater an den Tisch. Seit Schulbeginn war sie schon wieder ein ordentliches Stück gewachsen. Anton war sich sicher, dass sie ihren Freund jetzt um ein paar Zentimeter überragte. Das würde sich in spätestens fünf Jahren wieder geändert haben. Doch im Moment schien es Rosa zu gefallen, dass sie die Größere von ihnen war.

»Wer von uns den Nikolaus bis zum vierten Adventsonntag nicht aufgegessen hat, der hat gewonnen«, erklärte sie stolz.

»Womit wird der Gewinner belohnt?« Anton glaubte aber zu wissen, was es war.

»Wenn Fritzi gewinnt, kriegt er meinen Nikolaus, wenn ich siege, ist es umgekehrt.«

»Und wenn ihr beide bis zum vierten Adventsonntag durchhaltet?«

»Dann sind wir beide Sieger und bekommen von Ernestine einen Extraschokoriegel.«

»Ah ja!« Es überraschte Anton nicht, dass die pensionierte Lateinlehrerin Ernestine Kirsch, mit der er seit einigen Monaten das frisch renovierte Kutscherhäuschen im Garten seiner ehemaligen Apotheke bewohnte, hinter der ungewöhnlichen Abmachung steckte.

»Eigentlich wollten wir ja wetten, wer bis Weihnachten mehr Lebkuchen und Vanillekipferl essen kann«, gab Rosa zu. »Weil doch nach Weihnachten mein Geschwisterchen zur Welt kommt und ich dann alles teilen muss.«

Schon bald würde Anton zum zweiten Mal Großvater

werden. Seine Tochter Heide hatte im Mai den Kriminalbeamten Erich Felsberg geheiratet und war nun schwanger.

»Ich glaube nicht, dass du dir so schnell Sorgen wegen des Teilens machen musst«, beruhigte Anton seine Enkelin. »Bis so ein kleines Buzerl Schokolade essen darf, vergeht viel Zeit.«

»Das weiß ich doch!« Rosa machte eine wegwerfende Handbewegung. »Aber Fritzi meint, es ist klüger, auf Vorrat zu essen. Er weiß das, schließlich hat er vier Brüder.«

Den Gedanken fand Anton ganz vernünftig. Was man mal gegessen hatte, konnte einem niemand mehr stibitzen.

»Ernestine fand unsere Wette nicht gut«, erklärte Rosa. »Sie sagt, zu Weihnachten gibt es ohnehin den Christbaum mit Zuckerbehang und zu viele Süßigkeiten wären ungesund.«

Anton räusperte sich. »Na ja, allzu streng muss man das nicht sehen.«

»Fritzi und ich fanden das Aufheben der Schokolade aber spannender«, sagte Rosa.

»Wirklich?« Anton sah sie verständnislos an. Wäre der Jutesack sein eigener, wäre er längst leer gegessen.

»Ja«, erwiderte Rosa überzeugt. »Ich freu mich jeden Tag, wenn ich den Zwetschkenkrampus am Fensterbrett sehe.«

Anton setzte eben zu einer Antwort an, als Ernestine den Raum betrat.

»Hier habt ihr zwei euch versteckt!« Sie klang so gut gelaunt, dass Anton sich ahnungsvoll fragte, was wohl der Grund dafür war. Ihre rosigen Wangen und die hellen Augen strahlten förmlich, was für gewöhnlich bedeutete, dass sie etwas plante. Leider standen Ernestines Pläne oft in krassem Gegensatz zu Antons Bedürfnis nach Ruhe und Entspannung.

Sie setzte sich zu ihnen.

»Ich habe Opa gerade von unserer Wette erzählt«, sprudelte Rosa heraus. »Er würde den Nikolaus auf der Stelle vernaschen.«

»Das habe ich nicht gesagt!«

Sowohl Ernestine als auch Rosa kicherten leise.

»Das war auch nicht notwendig«, meinte Rosa. »Wir kennen dich, Opa.«

»Ihr stellt mich ja hin, als wäre ich ein Vielfraß!« Anton war beleidigt. »Schließlich gehören Süßigkeiten zu Weihnachten, wie der Krampus zum Nikolaus. Stellt euch einen Advent ohne Vanillekipferl vor. Das wäre doch ein Jammer.«

»Das wäre wirklich traurig«, stimmte Ernestine ihm zu. »Und was ebenfalls zu Weihnachten gehört, ist der Schnee.«

»Der will aber nicht kommen!« Enttäuscht sprang Rosa vom Sessel auf und lief zum Fenster. Sie stützte die Ellbogen am Fensterbrett ab und bettete ihr Kinn in die Hände. Traurig schaute sie zum grauen Himmel. Seit Tagen hielt die Sonne sich hartnäckig hinter der dichten Wolkendecke versteckt. Kälte, Nebel und Nieselregen hielten Wien im Griff. Von Schnee fehlte jede Spur.

»Das Wetter lässt sich leider nicht beeinflussen«, sagte Anton.

»Das nicht, aber wir könnten in eine Gegend fahren, in der so viel Schnee liegt, dass es für eine Schlittenfahrt und einen Schneemann ausreicht«, meinte Ernestine.

»Wo ist das?« Rosa drehte sich um und kehrte zum Tisch zurück.

Ernestine schnitt eine geheimnisvolle Grimasse und schwieg. Anton war sich sicher, dass ihre gute Laune mit dieser Schneeidee im Zusammenhang stand. Er beschloss, auf der Hut zu sein. Jede voreilige Antwort konnte seinen ruhigen Alltag bedrohen.

»Worüber unterhaltet ihr euch?« Antons Tochter Heide platzte ins Zimmer. Ihr Bauch war zu einer enormen Größe angewachsen. Hätte Anton es nicht besser gewusst, würde er glauben, Großvater von Zwillingen oder gar Drillingen zu werden. Doch die Hebamme hatte das dezidiert ausgeschlossen. Erschöpft ließ sich Heide auf das Sofa plumpsen und legte die Beine auf einem Hocker ab. Das ständige Stehen in der Apotheke, die sie seit Antons Pensionierung führte, war beschwerlich.

Ernestine erklärte stolz: »Für meine Arbeit in der Bibliothek habe ich Einladungen für eine Kunstauktion erhalten.« Seit ein paar Wochen engagierte Ernestine sich in der Arbeiterbücherei in Margareten. Der zunehmend rauere Ton zwischen der christlich-sozialen Regierung und der sozialdemokratisch geführten Hauptstadt Wien sowie der stetig wachsende Druck auf jüdische Mitbürger hatten Ernestine den Anstoß dazu gegeben. In Ungarn ging man schon so weit, die jüdischen Bürger von den Universitäten und wichtigen Funktionen auszuschließen. Als ehemalige Lehrerin war sie fest davon überzeugt, dass die junge Demokratie nur durch mehr Bildung geschützt werden konnte. Und wo gelang das besser als in einer öffentlich zugänglichen Bibliothek, in der junge Menschen sogar Gratisnachhilfeunterricht erhielten, um im zweiten

Anlauf einen höheren Schulabschluss nachzuholen? Nur zu gerne hätte Anton sie davon abgehalten. Aber nicht, weil er die Arbeit nicht sinnvoll fand. Im Gegenteil, der Schutz der Demokratie war wichtiger denn je. Doch er hätte solche Aufgaben lieber anderen überlassen, fürchtete er doch, dass sein ohnehin schon viel zu turbulentes Leben noch mehr durcheinandergewirbelt würde, wenn Ernestine ein Ehrenamt übernahm. Und nun schien er recht zu behalten, hier war schon die erste Aufregung.

»Freiwillige Arbeit wird doppelt belohnt«, fuhr Ernestine begeistert fort. »Die Karten für die Kunstauktion sind rar. Ich habe die allerletzten erhalten.«

»Wo finden die Ausstellung zur Auktion und die Versteigerung denn statt?«, fragte Heide.

»Am Semmering!«, erklärte Ernestine stolz. »Die Ausstellung ist für dieses Wochenende anberaumt. Es wird auch einen Christkindlmarkt geben mit Köstlichkeiten aus der Region. Am Abend wird zu einem mehrgängigen Menü geladen. Dabei kann man schon überlegen, für welches Kunstwerk man sich entscheidet, und danach werden ein paar der Objekte versteigert. Die Hälfte des Erlöses wird an karitative Zwecke gespendet.«

Anton wurde flau im Magen. Bei seinem letzten Besuch in dem Luftkurort nahe Wien hatten er und Ernestine ebenfalls an einer Wohltätigkeitsveranstaltung teilgenommen. Anton hatte Tango tanzen und gemeinsam mit Ernestine zwei Mordfälle aufklären müssen.

»Das klingt ganz wunderbar«, meinte Heide.

Doch Anton hob abwehrend beide Hände. »Bestimmt wird es dann spät«, sagte er vorsichtig. »Wie sollen wir danach nach Wien zurückkommen?«

»Selbstverständlich nehmen wir uns ein Zimmer und übernachten am Semmering«, erklärte Ernestine.

»Keine zehn Pferde bringen mich dazu, noch einmal einen Fuß ins Panhans zu setzen«, entgegnete Anton. Nicht dass es ihm in dem Luxushotel nicht gefallen hätte. An besagtem Wochenende vor ein paar Jahren hatte er köstlich gegessen und in einem geräumigen Zimmer und einem bequemen Bett geschlafen. Außerdem war er Ernestine zum ersten Mal ein bisserl nähergekommen. Dennoch waren die Erinnerungen an die Verbrechen noch zu präsent.

»Keine Sorge, Anton. Die Ausstellung findet im Südbahnhotel statt. Die drei großen Hotels Panhans, Südbahnhotel und Kurhaus Semmering versuchen, einander mit Attraktionen zu übertreffen. Man will an die Zeit vor dem Großen Krieg anschließen, damals waren die Hotels regelmäßig ausgebucht. Jetzt müssen sich die Betreiber immer wieder etwas Besonderes ausdenken, um Gäste anzulocken.«

»Darf ich mitkommen?« Rosa faltete flehend die Hände. »Bitte! Bestimmt gibt es ganz viel Schnee. Ich pack meine Rodel ein.«

»Natürlich kommst du mit. Und ich bin mir sicher, dass es Rodeln im Hotel gibt«, erwiderte Ernestine.

Anton überlegte, ob man ihn absichtlich ignorierte. Hatte denn niemand gehört, dass er nicht am Semmering übernachten wollte?

Ernestine wandte sich an Heide. »Wir können auch für dich und Erich ein Zimmer reservieren.«

Heide legte die Hände auf ihren Bauch. »Ich weiß nicht«, sagte sie. »Ich fühle mich wie ein Nilpferd, das passt nicht in den Schnee. Und was, wenn das Kleine etwas früher als geplant kommt? Außerdem hat Erich am Wochenende Dienst.«

»Das wäre nicht gut«, gab ihr Ernestine recht. »Aber Rosa nehmen wir mit.«

»Au ja!« Das Mädchen umarmte Anton und drückte ihn herzlich. »Das wird so schön, Opa. Wir bauen einen Schneemann und geben ihm deinen Namen. Natürlich nur, wenn er hübsch wird. Darf Fritzi auch mitkommen?«

Wie immer, wenn ihn seine Enkeltochter stürmisch um etwas bat, schmolz Antons Widerstand wie Schnee in der Sonne.

»Na ja, so ein Christkindlmarkt im Hof des Südbahnhotels ist vielleicht ganz nett«, meinte er. »Und ein mehrgängiges Menü klingt auch interessant.«

»Danke, Papa!«, sagte Heide und sah unglaublich erleichtert aus. »Erich und ich könnten dann am Freitag- oder Samstagabend in Wien essen und anschließend ins Lichtspieltheater gehen. Das nehmen wir uns schon lange vor. Es wäre wie ein Vorweihnachtsgeschenk.«

Dass er mit dem Ausflug nicht nur Rosa und Ernestine, sondern auch Heide glücklich machen konnte, überzeugte Anton.

»Was machen wir mit Minna? Ich glaube nicht, dass Hunde in Hotels erlaubt sind.«

»Doch!«, widersprach Ernestine.

Als die Cockerspanieldame ihren Namen hörte, hob sie den Kopf und richtete die Ohren auf. Sie mochte den Schnee, also würde Anton mit dem Ausflug auch ihr eine Freude bereiten.

»Wenn das Wochenende so viele glücklich macht, werde ich mich nicht querlegen.«

Ernestine klatschte in die Hände. »Dann ist es abgemacht. Ich werde am Weg zur Bibliothek die Fahrkarten für die Südbahn kaufen.« Sie lief aus dem Zimmer, bevor Anton seine Meinung wieder ändern konnte.

ZWEI

In der Südbahn, 12. Dezember

Bis nach Gloggnitz hatten Rosa und Fritzi unentwegt geplaudert und gelacht und der eintönigen Landschaft, die an ihnen vorbeizog, keine Beachtung geschenkt. Jetzt, da die weiten Felder, zwischen denen nur hin und wieder ein Bauernhof oder ein kleines Dorf zu sehen waren, einer plötzlich aufragenden Felsformation wichen, wurden die Kinder still. Neugierig drückten sie ihre Nasen gegen die Fensterscheiben des Waggons und bestaunten aufgeregt die Viadukte, über die der Zug ratterte. Langsam, aber stetig bewegte er sich den Berg hinauf.

Die Südbahn war auch rund siebzig Jahre nach ihrer Eröffnung ein technisches Wunderwerk. Niemand hätte damals gedacht, dass es möglich ist, einen Zug über felsiges Gebirge zu führen.

Schon bald säumten erste Schneeflecken den Weg und entlockten den Kindern einen Aufschrei der Freude. Anton war dankbar, als es danach wieder still wurde. Er schloss die Augen, um noch ein kleines Nickerchen zu machen, bevor sie auf der Passhöhe ausstiegen. Doch aus der Ruhe wurde nichts. Mit einem Ruck öffnete sich die Abteiltür.

»Isch bei Ihne noch was frei?« Der Mann sprach mit schwäbischem Dialekt. Bevor Anton oder Ernestine antworten konnten, hievte der Mann zwei riesige Koffer ins Gepäckfach und ließ sich auf einen der beiden leeren Plätze plumpsen. Den anderen nahm seine Frau in Beschlag, die hinter ihm ins Abteil trat.

Beide schnauften erleichtert durch. »Hier läscht sich's aushalte bis zum Semmering«, sagte die Frau. Auch sie hatte einen hörbaren Dialekt. Sie war um die fünfzig und trug ein elegantes Wollkostüm. Ihr Haar war in perfekte Wasserwellen gelegt, im Schoß hielt sie einen weißen Pelzmantel. Ihr Mann nahm ihr den Mantel ab und hängte ihn an einen der Haken in den Ecken des Abteils. Auch er war vornehm gekleidet. Sein Anzug war maßgeschneidert, in seiner Weste steckte eine Taschenuhr, sie hing an einer goldenen Kette und lugte aus der Tasche. Beide waren ausgesprochen dick, weshalb sie die Sitze mehr als nur ausfüllten. Anton und Ernestine mussten ein Stück zu den Kindern rücken.

»Grüß Gott«, sagte Ernestine höflich. »Ich fürchte, der Aufwand lohnt sich nicht. Es ist nicht mehr weit bis zum Semmering. In einer halben Stunde sind wir da.«

»Des wisset mir«, erklärte die Frau. »Mir kommet jedesch Jahr hierher. Aber im Nebenabteil hätt ich's kei weitere Minut mehr ausg'halte. Des versicher ich Ihnen.« Sie verdrehte genervt die Augen.

»Darf ich mich vorstelle, mein Name isch Karl Kruger, und des isch meine Ehefrau Klara Kruger. Unsch g'hört die Reifenfabrik Kruger und Söhne in Stuttgart. Bestimmt habet Sie davon schon g'hört.« Er reichte zuerst Ernestine, dann Anton die Hand.

»Sehr angenehm«, meinte Ernestine und fügte entschuldigend hinzu: »Leider habe ich von Ihrer Fabrik noch nichts gehört. Der Grund wird wohl darin liegen, dass wir aus Wien kommen. Über Unternehmen im Nachbarland wissen wir nur bedingt Bescheid.«

»Sie habet noch nie von Kruger Reifen g'hört? Wie kann des sein? Mir liefere unsere Ware bis in die Staaten.«

Ernestine hob entschuldigend beide Hände.

»Na, dann kennet Sie uns jetzt«, grunzte Karl Kruger selbstgefällig. »Mir beliefern auch Betriebe in Wien, deswegen semmer jeden Dezember in der Stadt. Danach erhole mir uns am Semmering. Vielleicht kaufet mir uns ein Häusle in der Gegend. Mir sind da arg gern.« Es klang so, als wollte er ein Päckchen Mehl oder Zucker erstehen und kein Haus samt Grund in einem Luftkurort, der nur zweieinhalb Reisestunden von Wien entfernt lag.

Nun stellte auch Ernestine sich, Anton, Rosa und Fritzi vor. »Was war denn so schlimm im Nebenabteil?«, fragte sie neugierig.

»Theodor Sedlaczek«, sagte Karl Kruger.

»Den Namen kenne ich«, meinte Ernestine nachdenklich. »Ich habe ihn erst kürzlich gehört oder gelesen.«

»Er isch en aufstrebender Künschtler«, sagte Klara Kruger. »Des Wochenende wird eins von seine Bilder im Südbahnhotel ausgestellt. Dort findet eine große Kunschtauktion statt.«

»Ja, richtig!«, rief Ernestine und fasste sich an die Stirn. »Ich habe den Namen im Programmheft gelesen.«

»Sind Sie auch unterwegs zum Südbahnhotel?«, wollte Frau Kruger wissen.

»Ja, wir haben Karten für die Ausstellung, das Abendessen und die anschließende Auktion. Außerdem werden wir ein bisserl rodeln und einen Schneemann bauen.« Ernestine lächelte Rosa und Fritzi an, die zustimmend nickten.

»Des isch ja ein Zufall!« Karl Kruger patschte so laut auf seinen Oberschenkel, dass Anton neben ihm zusammenzuckte. »Dort wohnen mir auch. Des isch doch so, Klärle, oder?«

»Ja, Bärli.«

Damit meinte sie offenbar ihren Ehemann. Fritzi unterdrückte ein Kichern, und bevor auch Rosa einstimmen konnte, stieß Ernestine sie sanft in die Seite. Das Mädchen drehte sich zum Fenster, damit niemand ihren Gesichtsausdruck sehen konnte.

»Sonst steiget mir ja im Panhans ab«, fuhr Klara Kruger fort. »Aber die Auktion isch scho äbbes B'sonderes.«

»Ja, mir hoffet, dass mir für Weihnachten ein paar schöne G'schenkle kaufe kennet. Freilich, von dem Sedlaczek, dem Graddlhuber, kaufet mir bestimmt nix. Schnurzegal, wie berühmt der isch.« Karl Kruger schnaufte verärgert. Dabei wippte sein zu akkurat gedrehten Schnecken geformter Schnurrbart. Fasziniert starrte Fritzi auf die Pomadekringel. Nun gab Ernestine auch ihm einen sanften Stupser mit dem Fuß, und er drehte sich ebenfalls zum Fenster.

»Bärli, des steht no ned fest!«, entgegnete Klara Kruger. »Erscht will i des Bild von der Tänzerin in echt sehe. Unn wenn's so grandios isch, wie sie in dem Heftle schreibe, will i des unbedingt haben. Des wär doch a schönes G'schenk für die Lore und die Tina.«

Sie öffnete die Lacklederhandtasche auf ihrem Schoß und kramte darin. Schließlich zog sie ein Heft heraus. »Habet Sie auch einen Katalog von der Auktion g'kriegt?«, fragte Frau Kruger.

»Leider nein«, gab Ernestine zu.

»Da, schauet Sie mal!« Frau Kruger schlug das Heft auf und reichte es Ernestine. »Des isch des Bild von dem Theodor Sedlaczek. Der Künschtler hat in eins wegg'schwätzt.

Aber des G'mälde sieht interessant aus. Der Mann denkt, dass er damit berühmt wird. Unn wenn des so isch, will i mir des ned entgehe lasse. Wär des ned ein Dusl! Als würdet mir a G'mälde von Klimt oder van Gogh kaufe, lang bevor se überall berühmt worde sind. Des däd so gut passe, weil unsere zwei Töchterle au ganz begeischtert tanze.«

Anton gab seinen Versuch, ein Nickerchen zu halten, auf. Er versuchte sich auszudenken, wie viel jemand sprechen musste, um den Redeschwall dieser Frau noch zu überbieten. Und er fragte sich, wie die Töchter des korpulenten Ehepaars wohl aussahen. Auch wenn Anton nichts von den dürren Schönheitsidealen und den eng geschnürten Taillen des letzten Jahrhunderts hielt, fiel es ihm dennoch schwer, sich einen der beiden Krugers in eng anliegenden Strumpfhosen oder rosaroten Seidenkleidern vorzustellen.

Jetzt entdeckte Frau Kruger Minna, die friedlich am Boden lag und schlief.

»Was für ein goldiges Hundle!« Sie beugte sich zu Minna und streichelte der Hundedame den Kopf.

Unterdessen lugte Anton zu Ernestine und erspähte einen Blick auf das abgelichtete Gemälde. Es zeigte eine Balletttänzerin in einem weißen Tutu, die in einer Garderobe saß und sich einen Schuh schnürte. Es erinnerte Anton an Gemälde eines französischen Malers, dessen Name ihm entfallen war.

»Sedlaczek scheint von Edgar Degas inspiriert worden zu sein«, sagte Ernestine. Wieder einmal hatte sie es geschafft, Anton mit ihrem Gedächtnis zu beeindrucken. Niemals wäre ihm der Name von selbst in den Sinn gekommen.

»Sie meinet, des hat der abg'malt?«, fragte Frau Kruger.

»Das kann ich nicht beurteilen«, gab Ernestine zu.

»Er soll eine berühmte Primaballerina von der Wiener Staatsoper g'malt haben«, fuhr Klara Kruger fort. Je länger sie redete, umso schriller fand Anton ihre Stimme. »Mir könnet uns des Bild bald selber angugge, dann wisset mir des. Die Tänzerin kommt übrigens au zur Auktion. Isch des ned großartig? I kann's kaum erwarte, bis ich ihr die Hand geben kann.«

Ernestine blätterte das Heftchen durch, warf auch noch einen Blick auf die anderen Objekte und gab es dann an Frau Kruger zurück. Die ließ es in ihrer Handtasche verschwinden, der Verschluss schnappte mit einem leisen Knacken zu.

»Sind Sie zum ersten Mal am Semmering?«, fragte Klara Kruger. Sie war einfach nicht zu stoppen.

»Nein, wir waren vor einiger Zeit im Hotel Panhans und haben dort an einem Tangotanzkurs teilgenommen.«

»Oh, des klingt ja schön. So etwas müsset mir au mal mache, Bärli! Ein ganzes Wochenend tanze. Davon träum i seit viele Jahr.«

»Hm!« Frau Krugers Bärli schien nicht sonderlich begeistert von der Idee.

»Wisset Sie, in unsrer Familie isch Tanzen ganz arg wichtig. Hab i scho g'sagt, dass unsere Töchterle au tanzet?«

»Ja, das haben Sie!«

»Sie nehmet Ballettunterricht und sind sehr, sehr begabt. Bestimmt werdet sie irgendwann au Primaballerinen und von Künschtlern g'malt, ned wahr, Bärli?«

»Ja, unsere Mädle kommet gewiss weit nauf!« Davon war auch der stolze Vater überzeugt.

Frau Kruger öffnete erneut ihre Handtasche und kramte eine Fotografie hervor, die zwei pummelige Mädchen zeigte. Sie waren das Ebenbild ihres Vaters, beide hatten Knubbelnasen und ein breites Kinn. In den duftigen Tutus erinnerten sie an niedliche kleine Tanzbären. Anton hoffte für die Kinder, dass das Tanzen ihr eigener Wunsch war und nicht ausschließlich der ihrer Mutter. Den ernsten Kindergesichtern war es nicht zu entnehmen.

»Womöglich wär die Wiener Staatsoper äbbes für sie«, überlegte Frau Kruger.

Zu Antons großer Erleichterung wurde die Tür zum Abteil erneut geöffnet. Der Schaffner kündigte die Ankunft am Semmering an. »Bitte machen Sie sich zum Aussteigen bereit!«

»Des war echt ned lang«, sagte Klara Kruger. »Wollet mir zusammen einen Schlitte zum Hotel nehmen?«

»Sehr gerne«, meinte Ernestine. Den vorwurfsvollen Blick, den Anton ihr daraufhin zuwarf, ignorierte sie lächelnd. Als Rosa von dem Pferdeschlitten hörte, war sie hellauf begeistert. Auch Fritzi konnte es kaum erwarten, die Sommersprossen auf seinen Wangen leuchteten.

Kurz darauf verließen alle den Zug. Neben dem umfangreichen Gepäck der Krugers erschien die winzige Tasche von Ernestine und Anton, in der sich außer Zahnbürsten, Unterhosen und Pyjamas sogar noch Ersatzsocken befanden, lächerlich klein.

»Isch des alles, was Sie dabeihabet?«, fragte Frau Kruger.

»Wir bleiben nur eine Nacht«, antwortete Anton knapp. Das klang so unhöflich, dass Frau Kruger sich jeden weiteren Kommentar verkniff. Jetzt erhielt auch Anton von Ernestine einen sanften Stoß in die Seite.

»Aua«, brummte er leise.

»Das kann unmöglich wehgetan haben«, flüsterte sie zurück.

Er verzog bloß den Mund und schwieg.

Vorbei am Denkmal für Carl Ritter von Ghega, den Ingenieur der Südbahnstrecke, ging es zum Pferdeschlittenplatz. Rosa und Fritzi liefen zu einem, der von zwei dunkelbraunen Pferden gezogen wurde. Gemeinsam mit dem Ehepaar Kruger kletterten sie in den Schlitten. Die Kinder durften am Kutschbock sitzen. Anton hob Minna hoch, denn freiwillig wäre die Hündin nicht hineingesprungen. Unter fröhlichem Gebimmel kleiner Glöckchen, die sich am Pferdegeschirr befanden, glitt der Schlitten über die verschneite Höhenstraße, vorbei am Hotel Panhans und mehreren prächtigen Jugendstilvillen.

»Des da wär doch was«, meinte Frau Kruger und zeigte auf ein besonders schönes Gebäude, das eine mit Metall beschlagene Eingangstür aufwies.

Schon von Weitem war das Südbahnhotel zu sehen, ein Fachwerkbau mit Türmchen und Erkern, der an ein Schloss erinnerte.

»Das ist ja wie im Märchen!«, rief Rosa begeistert. »Schade, dass Mama und Erich nicht dabei sind und sehen können, wie schön es hier ist.«

Der Schlitten fuhr in den Innenhof des Hotels, wo hölzerne Marktstände in einem Kreis aufgestellt waren. Die Standbesitzer waren dabei, die weihnachtliche Ware für die Kunden hübsch zu drapieren. Lichterketten verbanden die einzelnen Stände miteinander, in ein paar Stunden würden sie den Hof in festliches Licht tauchen. In der Mitte des Platzes stand ein riesiger Weihnachtsbaum, der ebenfalls mit Lichterketten sowie mit roten Samtmaschen und Kugeln geschmückt war.

Kaum dass der Schlitten stand, sprangen die Kinder hinaus in den Schnee und liefen aufgeregt zum Christbaum. Minna folgte ihnen bellend. Es sah aus, als würde sie mit allen vier Beinen gleichzeitig durch die weiße Pracht springen. Ihre Ohren flogen, kleine eisige Klümpchen fingen sich in ihrem Fell.

Anton bezahlte den Kutscher und wartete darauf, dass Herr Kruger ebenfalls seinen Teil beglich, doch der Mann drehte ihm den Rücken zu, als ginge ihn die Rechnung nichts an, und wollte zum Hotel gehen. Ernestine rief ihn zurück.

»Herr Kruger, die Fahrt macht fünfzig Groschen für jeden.«

»Sie sind zu viert, mir bloß zu zweit«, entgegnete der reiche Industrielle. Er holte dreißig Groschen aus seiner Geldbörse und reichte sie Ernestine mit einer so großzügigen Geste, als gäbe er Almosen.

»Komm!« Anton zog Ernestine sanft am Ellbogen mit sich. »Lass es gut sein«, flüsterte er ihr zu, »wir streiten uns nicht wegen zwanzig Groschen. Das ist es nicht wert.«

»Es geht ums Prinzip«, raunte Ernestine. Nur widerwillig ließ sie sich mitziehen. Anton konnte ihr an der Nasenspitze ansehen, dass sie dem aufgeblasenen Unternehmer gerne die Meinung gesagt hätte.

»Würdet Sie uns einen Pagen rausschicke?«, bat Klara Kruger sie.

Ernestine tat so, als hätte sie die Frage nicht gehört, drehte sich um und ließ das Ehepaar Kruger mitsamt seinem Gepäck im Schnee stehen. Gemeinsam mit Anton folgte sie den Kindern zum Christbaum. Sobald Ernestine das Funkeln in Rosas und Fritzis Augen sah, schienen die Krugers vergessen.

»Lasst uns einen Spaziergang über den Christkindlmarkt machen«, schlug Anton vor.

»Ach, Opa, wir wollen doch rodeln und einen Schneemann bauen«, jammerte Rosa.

»Rosa hat recht«, stimmte Ernestine zu. »Es ist nicht mehr lange hell, wir sollten das verbleibende Tageslicht ausnutzen. Wobei sich das Rodeln heute nicht mehr ausgehen wird, das verschieben wir auf morgen.«

Sowohl rodeln als auch einen Schneemann bauen klang in Antons Ohren anstrengend. Ihm war mehr nach einem Spaziergang über den Christkindlmarkt, mit einem Stanitzel Maroni in einer Hand und einem Becher Punsch in der anderen. Doch leider war die offizielle Eröffnung des Marktes erst für Einbruch der Dämmerung geplant.

»Bevor wir irgendetwas tun, sollten wir die Zimmer beziehen«, sagte er.

»Dürfen wir so lange dort hinten einen Schneemann bauen?« Rosa zeigte zu einem Nebengebäude, vor dem ein riesiger Schneehaufen lag. »Wir nehmen auch Minna mit!«

Das war ein Vorschlag ganz nach Antons Geschmack. Wenn das Zimmer gemütlich war, konnte er vielleicht noch das Nickerchen nachholen, das zuvor nicht möglich gewesen war.

»Das ist eine hervorragende Idee«, meinte er zufrieden.

DREI

Durch den Haupteingang betraten Ernestine und Anton das Hotel. Ein Page in dunkelgrüner Uniform verbeugte sich dezent und hielt ihnen die Tür auf. Das Gebäude war innen so prunkvoll gestaltet wie außen. Hohe Räume, riesige Spiegel an den Wänden, ausladende Kristalllüster und ein bis zur Decke reichender Christbaum, der über und über mit Lichtern, Lametta und goldenen Kugeln geschmückt war, machten den Ort zu einem Tempel des Luxus. Links der Halle führte eine offen stehende Glastür in ein Kaffeehaus, das offenbar zum Hotel gehörte. Der Duft gerösteter Kaffeebohnen, in den sich Zimtzucker mischte, strömte aus dem Raum, untermalt von den gedämpften Stimmen der Gäste.

Ein dunkelroter Teppich am Boden leitete Ernestine und Anton direkt zur Rezeption, einer auf Hochglanz polierten Holztheke. Dahinter stand ein junger Mann in ähnlicher Uniform wie der Page. Eine kurze Warteschlange hatte sich am Tresen gebildet. Ernestine und Anton reihten sich ein und wurden von einem kleinen Herrn in dunklem Anzug begrüßt. Seine Schläfen waren grau meliert, er ging neben den Wartenden auf und ab und wirkte nervös. »Guten Tag! Wie schön, Sie im Südbahnhotel willkommen zu heißen. Darf ich mich vorstellen, ich bin Moritz Silberstein, der Direktor des Hauses.« Er reichte zuerst Ernestine, dann Anton die Hand. Es war erstaunlich, dass er offenbar alle seine Gäste persönlich in Empfang nahm.

»Sehr erfreut!« Anton stellte Ernestine und sich vor.

»Meine Enkeltochter, ihr Freund und unser Hund sind noch im Innenhof. Sie kommen später nach.«

»Ah!« Ein Erkennen zeigte sich auf Silbersteins rundem Gesicht. »Sie sind die ehrenamtliche Mitarbeiterin der Bibliothek, die die Karten für die Auktion geschenkt bekommen hat.«

»Ja, richtig«, sagte Ernestine.

»Wie schön, dass Sie sich dazu entschlossen haben, das ganze Wochenende bei uns zu verbringen. Ich hoffe, dass alles nach Ihren Wünschen ist. Wir haben Ihnen zwei Zusatzbetten für die Kinder ins Zimmer gestellt.«

»Das ist sehr aufmerksam von Ihnen«, sagte Ernestine.

»Das Wohl unserer Gäste liegt uns am Herzen. Wenn irgendetwas nicht zu Ihrer Zufriedenheit ist, lassen Sie es bitte mich oder einen meiner Mitarbeiter sofort wissen.« Er verneigte sich höflich und wandte sich an die nächsten Gäste.

»Das nenne ich Zuvorkommenheit«, meinte Anton beeindruckt.

»Offenbar ist der Erfolg dieses Wochenendes sehr wichtig für ihn«, flüsterte Ernestine. »Vielleicht steckt das Hotel in Geldnöten? Die Konkurrenz der anderen Hotels ist groß.«

»Warum vermutest du hinter allem immer eine ungute Absicht?«, fragte Anton.

Entschuldigend zuckte Ernestine mit den Schultern. »Leider habe ich sehr oft recht.« Sie richtete ihre Aufmerksamkeit auf die Frau, die vor ihnen wartete. Die Besucherin war um die vierzig, groß und schlank. Ihr helles Haar war zu einem straffen Knoten nach hinten gebunden, ihre Haltung so aufrecht, dass sie problemlos mehrere Bücher auf dem Kopf hätte tragen können, ohne dass eines von ihnen hinuntergefallen wäre.

Ernestine beugte sich zu Anton und flüsterte ihm so leise, dass nur er sie verstehen konnte, ins Ohr: »Das ist die Frau auf dem Bild.«

»Wie bitte?«

»Das Kunstwerk, das heute Abend versteigert werden soll. Du hast es doch vorhin im Zug gesehen«, drängte Ernestine.

Anton hatte bloß einen flüchtigen Blick darauf geworfen. Er konnte sich an den Körper einer Tänzerin erinnern, nicht aber an ihr Gesicht. Hatte sie nicht verträumt ins Leere gesehen?

»Grüß Gott, Fräulein Lamprecht«, begrüßte der Rezeptionist hinter dem Tresen die Frau. »Wir haben Sie schon erwartet. Wie schön, dass Sie sich für den Abend Zeit nehmen konnten.«

»Stella Lamprecht«, flüsterte Ernestine beeindruckt. »Sie war jahrelang die Primaballerina im Staatsopernballett.«

»Interessierst du dich auch für Ballett?«, fragte Anton ängstlich. Die Vorstellung, dass Ernestine ihn zu einer Vorstellung in der Oper überreden könnte, beunruhigte ihn. Nur zu gut waren ihm die beiden Operettenabende in Erinnerung, die er tapfer über sich hatte ergehen lassen. Selten hatte er in einem Zuschauerraum so tief geschlafen wie bei der Uraufführung von Lehárs »Die gelbe Jacke«.

»Ein wenig«, gab Ernestine zu.

»Sehr gerne«, antwortete Stella Lamprecht dem Mitarbeiter am Empfang. Ihre Stimme war für eine so zarte Frau ungewöhnlich tief.

»Haben Sie irgendwelche Wünsche bezüglich Ihres Zimmers? Wir haben eine wunderschöne Suite im ersten Stock mit direktem Blick auf den Schneeberg für Sie vorbereitet.« Der junge Hotelangestellte sah eine Liste durch.

»Mir ist alles recht«, meinte Fräulein Lamprecht unkompliziert. In dem Moment öffnete sich die Lifttür neben der Rezeption mit einem leisen Klingeln. Augenblicklich erstarrte Stella Lamprecht. Ihre hübschen Gesichtszüge froren förmlich ein, jegliche Farbe wich aus ihren Wangen. Daran konnte auch das dezent aufgetragene Rouge auf ihrer Haut nichts ändern. Sowohl Ernestine als auch Anton folgten ihrem Blick und schauten zu dem gut situierten Paar, das den Aufzug verließ. Die Frau hatte sich bei dem Mann untergehakt, sie war deutlich jünger als er. Anton schätzte ihr Alter ähnlich wie das von Stella Lamprecht. Überhaupt ähnelten die beiden Frauen einander. Auch sie hielt sich aufrecht und hatte ihr Haar im Nacken zu einem strengen Knoten geschlungen. Ihr Begleiter hingegen war um die sechzig, hatte eine Glatze und einen umso imposanteren Schnurrbart. Sein ganzes Auftreten zeugte davon, dass er es gewohnt war, im Mittelpunkt zu stehen. Als er Stella Lamprecht erblickte, wirkte er nicht überrascht, im Gegenteil. Ein süffisantes Lächeln umspielte seinen Mund, während seine Begleiterin die Tänzerin an der Rezeption zuerst triumphierend anfunkelte und dann versuchte, ihren Begleiter an der Rezeption vorbeizuziehen.

»Darf ich Ihnen das Zimmer im ersten Stock geben?« Der Rezeptionist wartete immer noch auf Fräulein Lamprechts Antwort.

»Ich nehme jedes Zimmer«, sagte Stella Lamprecht.

Sie musste husten, bevor sie weitersprechen konnte. »Solange es nicht in derselben Etage liegt wie das des Ehepaars Popow.«

Die Überraschung in den Augen des Hotelmitarbeiters war unübersehbar. »Sie meinen, Sie wollen nicht in der Nähe …« Er suchte nach den richtigen Worten.

»Sie haben mich völlig richtig verstanden«, half Stella Lamprecht ihm aus. »Ich will weder Andrej Popow noch seiner Ehefrau Anastasia am Gang begegnen. Und wenn das nicht möglich ist, werde ich noch heute abreisen.«

Das Ehepaar schien ihre Worte gehört zu haben. Die beiden blieben stehen, und die Frau wandte sich an Stella Lamprecht. »Wie kann man nur so nachtragend sein?«, sagte sie boshaft. »Solltest du nicht längst darüber hinweggekommen sein, dass Andrej mich geheiratet hat und nicht dich?«

Stella Lamprecht sog lautstark die Luft ein, als der Hoteldirektor sich einmischte. Sichtlich um Deeskalation der Situation bemüht, trat er näher. »Gibt es irgendwelche Probleme?«

»Ja, ich weigere mich, in einem Zimmer im ersten Stock zu übernachten«, erwiderte Stella Lamprecht, ohne den wahren Grund zu wiederholen.

»Welches Zimmer haben wir für Fräulein Lamprecht vorgesehen?« Moritz Silberstein beugte sich über den Tresen, schnappte das Buch des Rezeptionisten und drehte es zu sich.

»Die Suite im ersten Stock«, murmelte er. »Das ist einer unserer schönsten Räume. Eigentlich sind es zwei Zimmer mit einer Verbindungstür, extragroßem Bad und einem atemberaubenden Blick auf den Schneeberg.«

»Ich bin nicht daran interessiert.« Stella Lamprecht lehnte ab.

Die Stirn des Direktors glänzte. Er holte ein Taschentuch aus seiner Sakkotasche und wischte den Schweiß weg.

»Gibt es in der Suite vier Betten?«, erkundigte sich Ernestine. Sie drängte nach vorne zum Tresen.

»Ja, warum?«

»Wenn Sie wollen, können Sie unser Zimmer haben. Wir könnten tauschen«, bot sie der Tänzerin an.

Verlegen räusperte sich Silberstein. »Das ist sehr freundlich von Ihnen, gnädige Frau. Aber die Zimmer sind doch von sehr unterschiedlicher …« Er schien nach einem passenden Wort zu suchen. »Ausstattung«, sagte er schließlich.

»Und wenn ich auf dem Boden schlafen muss«, sagte Stella Lamprecht. »Ich weigere mich, in der ersten Etage zu nächtigen.« Sie vermied es, das Ehepaar Popow anzusehen. Die beiden schienen das Interesse an ihr verloren zu haben und gingen weiter in Richtung des Kaffeehauses.

Der Hoteldirektor wischte sich erneut über die schweißnasse Stirn. Dann wandte er sich an Ernestine. »Darf ich vielleicht doch auf Ihr Angebot zurückkommen?«

»Ja, natürlich«, sagte Ernestine. »Sofern uns aus dem Zimmerwechsel keine Zusatzkosten erwachsen.«

Sofort winkte Silberstein ab. »Selbstverständlich bezahlen Sie den vereinbarten Tarif und keinen Groschen mehr«, versprach er. Dann drehte er sich zu der Primaballerina um. »Die Frage ist, wie wir Ihnen die notwendigen Annehmlichkeiten zukommen lassen können. Das Zimmer im zweiten Stockwerk verfügt nicht über eine Badewanne. Und unser großes Hallenbad, mit dem wir unsere Gäste bald erfreuen werden, ist noch in der Planungsphase. Das gesamte Untergeschoß ist im Moment eine Baustelle.«

»Auf eine Badewanne kann ich gut verzichten, solange sich ein Waschbecken im Zimmer befindet«, versicherte Stella Lamprecht. Sie senkte die Stimme. »Wäre es möglich, dass ich bei der Auktion und im Speisesaal nicht mit dem Ehepaar Popow an einem Tisch sitze?«

»Ich werde selbst dafür sorgen, dass sich ein gebührender Abstand zwischen den Tischen befindet«, versicherte der Direktor.

Die Tänzerin schien zufrieden.

»Und als kleine Wiedergutmachung lassen wir Ihnen einen Korb mit Delikatessen vom Weihnachtsmarkt und eine Flasche erstklassigen Champagner aufs Zimmer bringen.«

»Geht denn da vorn gar nix voran?« Anton erkannte sofort, wem die ungehaltene Stimme gehörte. Auch ohne sich umzudrehen, wusste er, dass der geizige Bärli und sein Klärle sich eben beschwert hatten. Als auch andere zu murren begannen, wandte Anton doch den Kopf. Die Menschen, die sich hinter ihnen eingereiht hatten, waren allesamt mit riesigem Gepäck angereist. Auch neben einem offenbar allein reisenden Mann mit Beinprothese stand ein überdimensionierter Koffer.

Direktor Silberstein hob beschwichtigend die Hand. »Meine Herrschaften, wir konnten das winzig kleine Problem bereits zur Zufriedenheit aller lösen.«

Er winkte einen Pagen zu sich und flüsterte ihm hinter vorgehaltener Hand zu: »Holen Sie zwei Gläser Champagner und servieren Sie die Getränke den Herrschaften aus

Deutschland. Das ist der Reifenproduzent aus Stuttgart mit seiner Gattin.« Sofort wuselte der Bursche davon, um kurz darauf mit einem silbernen Tablett zurückzukommen. Darauf befanden sich zwei Gläser aus Bleikristall, in denen hellgelbe Flüssigkeit sprudelte. Der Champagner besänftigte die Gemüter. Ohne weiteres Murren warteten die Krugers ab, bis sowohl Fräulein Lamprecht als auch Ernestine und Anton ihre Schlüssel hatten.

»Leider haben wir zur Suite im ersten Stock nur einen Schlüssel«, entschuldigte sich der Rezeptionist. »Und Hunde sind dort eigentlich nicht –«

»Wir machen eine Ausnahme!« Der Direktor schnitt seinem Mitarbeiter das Wort ab. Offenbar wollte er die Gäste aus dem Nachbarland und alle anderen, die sich hinter ihnen in die Schlange eingereiht hatten, nicht länger warten lassen.

Ernestine trat zur Seite und zog Anton mit sich. Sie schaute auf die Zimmernummer: 8.

»Geh schon mal voraus«, meinte sie gut gelaunt. »Ich gebe den Kindern Bescheid, wo wir wohnen werden. Kommst du dann zu uns runter zum Schneemannbauen?«

»Also, ich dachte, dass ich vielleicht ein kleines –« Weiter kam er nicht. Ernestine hauchte ihm einen Kuss auf die Wange. »Ja, ruh dich ein bisserl aus«, schlug sie vor. Sie zwinkerte mit beiden Augen. »Aber nicht zu lange. Es wäre schade, wenn du den schönen Schnee versäumst.«

Also eigentlich habe ich jetzt schon genug davon, dachte Anton bei sich. Laut sagte er: »Ja, das wäre jammerschade.«

Ernestine lachte bloß, sie schien ihn durchschaut zu haben. »Wenn du in einer Stunde nicht bei uns bist, dann holen wir dich!« Sie hob drohend den Zeigefinger, dann drehte sie sich flink um und eilte zurück zum Haupteingang. Anton bewunderte sie für ihren Elan. Nach der Zug- und Schlittenfahrt sehnte er sich dringend nach einem bequemen Lehnsessel. Mit etwas Glück gab es einen in der Suite.

VIER

Anton übergab das Gepäck dem Liftburschen, er selbst bevorzugte die Treppe.

»In meinem Alter muss man in Bewegung bleiben«, erklärte er dem jungen Mann, der ihn verwundert ansah. Dass Anton lieber die Stufen nahm, lag in Wirklichkeit nicht an seinem hohen Bedürfnis nach körperlicher Anstrengung, sondern war seiner Angst vor Aufzügen geschuldet. Die Vorstellung, der enge Kasten könnte stecken bleiben, beunruhigte ihn so sehr, dass er lieber seine Beine arbeiten ließ, auch wenn sein Knie dabei rebellierte.

Als er das Zimmer im ersten Stock erreichte, stand die Reisetasche bereits vor der Tür. Anton sperrte auf und trat ein. Erstaunt sog er die Luft ein ob des Luxus, der sich ihm darbot. Der Boden war mit einem flauschigen Teppich ausgelegt. An den Wänden hingen geschmackvolle Bilder in dezenten Farben, die zur Einrichtung passten. Durch die hohen Fenster hatte man einen direkten Blick auf den Schneeberg; ein prachtvolles Panorama, das man stundenlang genießen konnte. Ein bequemer Lehnsessel lud regelrecht dazu ein, augenblicklich darin Platz zu nehmen. An der Wand stand ein riesiges Doppelbett, daneben gab es eine Frisierkommode mit Spiegel. Eine offen stehende Tür führte in ein angrenzendes Zimmer, das etwas kleiner und nicht ganz so prachtvoll ausgestattet war. Dazwischen befand sich ein Badezimmer, das auch dem Kaiser und der Kaiserin recht gewesen wäre. Eine weiße Badewanne stand auf vier goldenen Füßen, zwei Waschbecken mit großen

Wandspiegeln und eine Toilette boten alles, was das Herz begehrte.

Anton stellte die Tasche ab, zog seinen Mantel aus und ließ sich in den Lehnsessel plumpsen. Er war genauso weich, wie er aussah. Das Zimmer war behaglich temperiert, eine Zentralheizung sorgte für wohlige Wärme. Ein Potpourri aus Zimtstangen, Nelken und Tannenzapfen verströmte einen wunderbar weihnachtlichen Geruch, ein Gesteck aus Tannenreisig tat ein Übriges. Anton wähnte sich im Himmel. Er genoss für ein paar Augenblicke das Panorama, weiße Bergspitzen, die in einen strahlend blauen Himmel ragten. Sein Magen knurrte. Eine Tasse heiße Schokolade und ein paar Kekse hätten sein Glück jetzt perfekt gemacht. Er sah sich um. Bis auf einen Krug Wasser gab es nichts Derartiges im Zimmer, und der Reiseproviant war bereits in Wiener Neustadt aufgegessen gewesen. Bestimmt gab es in einem so vornehmen Hotel Köstlichkeiten, die nur darauf warteten, von den Gästen verspeist zu werden. Er erspähte ein Heft auf einem der Nachtkästchen, streckte sich, so gut er konnte, und berührte es mit den Fingerspitzen. Nur nicht aufstehen, dachte er. Mit etwas Mühe angelte er nach dem Heft und bekam es schließlich zu fassen. In geschwungener Schrift informierte es über das Programm des Wochenendes. Wegen des fünfgängigen Menüs heute Abend wurde kein Mittagessen serviert, und weil der Weihnachtsmarkt um vier öffnete, schloss das Kaffeehaus bereits um zwei. Anton schaute auf seine Armbanduhr.

»Mist!«, entfuhr es ihm. Es war bereits viertel drei. Den Kaffeeduft vorhin hatten wohl die letzten Bestellungen verströmt. Also wurde nichts mehr aus dem geplanten Kaffeehausbesuch. Wie sollte sein knurrender Magen nur bis um vier Uhr durchhalten? Ob sich ein Besuch in der Küche lohnte? Bevor er bei der Rezeption nach Rodeln für Rosa und Fritzi fragte, brauchte er unbedingt eine ordentliche Portion Mehlspeise. Anderenfalls würde er die Strapazen im Schnee nicht unbeschadet überstehen. Er sah auf die Uhr. Zehn Minuten wollte er sich noch gönnen, dann würde er sich aus dem Sessel hieven.

Aus zehn Minuten wurden zwanzig, dann rappelte sich Anton hoch und verließ das Zimmer. Es war ein Leichtes, die Küche zu finden, er brauchte nur seiner Nase zu folgen. Der betörende Duft von Lebkuchen und Rindssuppe lag in der Luft. Zielstrebig lief Anton zurück zur Treppe. In letzter Sekunde sprang er zurück, als ein Mann völlig unerwartet seine Zimmertür aufriss und auf den Gang hinauseilte.

»Was zum Kuckuck ...!« So empört, als wäre der Beinahezusammenstoß Antons Schuld, schrie der Mann ihn an: »Haben Sie denn keine Augen im Kopf?« Obwohl Anton groß und hager war – was angesichts der Mengen, die er täglich aß, erstaunlich war –, überragte der Fremde ihn um einige Zentimeter. Der Mann war noch magerer als er, sein Anzug hing ihm viel zu locker am Körper. Statt einer Krawatte trug er ein weinrotes Tuch um den Hals. Er sprach mit einem überheblichen, näselnden Unterton. »Sie hätten mich beinahe umgerannt.«

»Wie bitte?«, entgegnete Anton. »Es war wohl eher umgekehrt.«

»Mäßigen Sie sich gefälligst im Ton!«, forderte der Mann. »Wissen Sie denn nicht, wen Sie vor sich haben?«

Antons Ärger wuchs. Es war ihm völlig egal, wer da vor ihm stand. Und wenn es ein Verwandter des verstorbenen Kaisers höchstpersönlich gewesen wäre, der Mann hatte sich an gängige Höflichkeitsregeln zu halten. Dazu gehörte, andere Menschen nicht umzurennen, und falls es doch passierte, sich dafür zu entschuldigen.

»Ich bin Theodor Sedlaczek.« Der dürre Riese zog die Schultern nach unten und streckte den schmalen Brustkorb vor.

»Ach ja?« Anton interessierte der Name des Mannes nicht, er wollte an ihm vorbei zur Küche.

Doch Sedlaczek versperrte ihm hartnäckig den Weg. »Ich bin der Künstler, der das wertvollste Gemälde zur heutigen Auktion beigesteuert hat. Meine ›Darstellung einer Tänzerin‹ wird in die Geschichte eingehen.«

»Schön für Sie«, brummte Anton grimmig. Er bemühte sich nicht mehr um Höflichkeit. »Würden Sie mich jetzt bitte vorbeilassen?«

»Haben Sie mich nicht verstanden? Ich bin Theodor Sedlaczek!« Er betonte die zweite Silbe seines Nachnamens. »Gewiss haben Sie schon von mir gehört.«

Diesen Satz hatte Anton heute schon einmal vernommen. Auch Herr Kruger war der Meinung gewesen, man müsste ihn kennen.

»Spätestens nach dem heutigen Abend werden Sie im Freundeskreis damit angeben können, mir persönlich begegnet zu sein«, fuhr der Künstler unbeirrt fort. »Mein Kunstwerk wird eine Rekordsumme erzielen. Sie sollten sich beeilen und eines meiner kleineren Aquarelle erstehen. Sie werden zu einem günstigen Preis angeboten, von dem Sie in ein paar Jahren nur noch träumen können.«

»Ich denke nicht daran, irgendetwas zu ersteigern«, entgegnete Anton.

»Warum übernachten Sie dann im Südbahnhotel? Die Kunstauktion ist die Attraktion des Wochenendes.«

»Wir haben die Karten geschenkt bekommen«, erwiderte Anton geradeheraus.

»Karten wurden verschenkt?« Sedlaczek war sichtlich entsetzt. »Das ist, wie Perlen vor die Säue zu werfen.« Anton wollte sich nicht weiter beleidigen lassen. Er nutzte die kurze Pause, die nun eintrat, und drängte sich an dem Künstler vorbei. Rasch, bevor der von sich selbst eingenommene Mann ihn noch einmal in ein Gespräch verwickeln konnte, lief er die Treppe hinunter. Leise vernahm er hinter sich das Schimpfen des Künstlers. Gut möglich, dass er sich über Antons unhöfliches Verhalten beschwerte, ihm war das einerlei.

Sein Magen knurrte erneut, und so vertraute er weiter auf seinen Geruchssinn und folgte dem immer intensiver werdenden Duft nach Süßem. Vor einer Doppelflügelschwungtür mit zwei runden Glasfenstern blieb er stehen. Zweifelsohne war das die Küche. Anton reckte entzückt die Nase in die Höhe, doch im nächsten Moment zuckte er erschrocken zusammen.

Eine erboste Männerstimme tönte laut bis auf den Gang hinaus. »Die Keks sind steinhart. Die staubn einem ja bei die Ohren raus. Niemand kann die essen.«

»Gar nicht wahr.« Die antwortende Frauenstimme war deutlich höher und leiser. »Die Busserl zergehen auf der Zunge. Ich habe sie nach dem Rezept meiner Mutter zubereitet, die Köchin in einem feinen Haushalt war. Und Sie wissen das ganz genau, sonst hätten S' das letzte Mal nicht das ganze Blech allein aufgessen.«

»Untersteh dich, du freches Ding! Das hab ich nicht.

Und von wegen feiner Haushalt, da kann ich nur lachen!« Was folgte, klang alles andere als freundlich. »Ich nehm an, dass sie in einem verdreckten Bauernhof aufkocht hat. Genauso schmecken die armseligen Kekserl. Wie Zwieback, den man an die Viecher verfüttert. Die taugen grad noch für den Sautrog, aber für sonst nix.«

Anton lugte durch eines der runden Glasfenster. Zwei Menschen standen in der Küche, ein Koch mit einer weißen Mütze auf dem Kopf und einer langen Schürze um den dicken Bauch und eine kleine, rundliche Frau, die die zwanzig noch nicht weit überschritten hatte. Auch sie trug eine weiße Mütze und eine Schürze, die allerdings nicht mehr ganz sauber war. Mit Hilfe eines Siebs bestaubte sie goldbraune Kekse mit glänzend roten Marmeladentupfern in der Mitte mit feinem Staubzucker. Sobald die Köstlichkeiten aussahen, als wären sie von einer dünnen Schneeschicht bedeckt, nahm sie die Kekse vom Backblech und legte sie auf einen Teller. »Probieren Sie doch erst mal eines!«

»Die Mühe kannst du dir sparen, schmeiß das ganze Zeug in den Mistkübel und kümmere dich um die Nachspeise. Die Oberscreme muss geschlagen werden.« Der Koch baute sich drohend vor der jungen Frau auf.

Tapfer leistete die Köchin Widerstand. »Herr Silberstein liebt meine Kekse. Er will eine ganze Dose haben, man soll sie Fräulein Lamprecht aufs Zimmer bringen.«

»Ich habe ihm bereits meinen Lebkuchen gegeben.«

»Aber er bestand auf –« Weiter kam die junge Frau nicht.

»Jetzt hurchst mir a mal gut zu. Du bist hier bloß ein Stubenmädel!« Der Koch stemmte beide Hände in seine breiten Hüften, wohl, um noch größer und mächtiger zu wirken. Sein glänzender kahler Kopf war knallrot.

Doch die junge Frau ließ sich von der Drohgebärde nicht einschüchtern. »Herr Silberstein hat mich persönlich gebeten, dieses Wochenende in der Küche auszuhelfen, weil die Gäste meine Knödel und Tascherl so schätzen. Er weiß, dass ich die Tochter von einer böhmischen Köchin bin. Niemand macht a ordentlichere Mehlspeis als wir. Meine Powidltascherl sind ein Traum.«

»Der Herr Direktor leitet das Hotel, aber er hat keine Ahnung von gutem Gebäck. Nie und nimmer lasse ich mir von einem einfachen Dienstmädel in die Arbeit pfuschen. So weit kommt's noch, dass a Frau hier das Sagen hat! Nur über meine Leich.«

»Am Ende des Tages werden wir ja sehen, welche Mehlspeisen die Gäste lieber ham«, entgegnete die junge Frau keck.

Der Koch fasste nach dem Teller, und Anton fürchtete, er würde ihn einfach auf den Boden fallen lassen. Entsetzt stieß er die Tür auf und schrie: »Halt!«

Erschrocken setzte der Koch den Teller wieder auf der Arbeitsplatte ab. Er starrte Anton aus weit aufgerissenen Augen an. »Was wollen Sie hier? Das ist die Küche.«

»Bitte entschuldigen Sie.« Anton war über sich selbst erstaunt. Für gewöhnlich neigte er nicht zu impulsiven Handlungen, aber die Vorstellung, dass wegen eines Streits ein ganzes Blech frisch gebackener Kekse am Küchenboden landen könnte, erregte sein Gemüt. »Mein Name ist Anton Böck, ich bin Hotelgast. Wenn Sie erlauben, würde ich gerne meine Expertise zur Verfügung stellen. Ich wage zu behaupten, dass ich ein Kenner guter Mehlspeisen bin, nichts esse ich lieber. Lassen Sie mich eines der Kekse probieren. Ich werde ein neutrales Urteil fällen.«

Die Küchenmagd nickte, sie war einverstanden. Blonde Strähnen lugten unter ihrer Haube hervor. Ihr Gesicht war doch nicht rund, sondern herzförmig, und ihre Wangen rosig. Sie fasste nach dem Teller, bevor der Koch ihn wieder an sich nehmen konnte, und hielt ihn Anton bereitwillig entgegen.

»Bitte schön, der Herr.« Sie knickste.

Anton griff nach einem Husarenbusserl und steckte es in den Mund. Der noch lauwarme Teig schmolz auf seiner Zunge wie Butter. Die Aromen von gerösteten Haselnüssen, Vanille und Ribiselmarmelade vereinten sich zu einer perfekten Sinfonie. Er schloss die Augen und wähnte sich im Mehlspeishimmel. »Köstlich!«, schwärmte er. »Ich habe noch nie so gelungene Kekse gegessen.«

»Unsinn!«, schrie der Koch ungehalten. »Wie wollen Sie das beurteilen? Ein Stubenmädel, das nicht einmal a Küchenmagd is, hat sie gebacken. Wo kommen wir da hin, wenn ihre Kekse serviert werden und meine in der Küche liegen bleiben?« Wieder wollte er nach dem Teller langen, doch Anton war schneller. Schützend stellte er sich vor die Frau.

»Es wäre ein Jammer, wenn Sie die Kekse wegwerfen«, warnte er. »Bevor Sie das Gebäck in den Mistkübel geben, nehme ich alle mit aufs Zimmer.«

Der Koch machte eine wegwerfende Handbewegung. »Von mir aus. Aber ich will das Zeug hier nicht mehr sehen. Ich mache jetzt eine kurze Pause, und wenn ich zurückkomme, ist der ganze Schmarren hier verschwunden. Hast mi?«

»Ein Schmarren ist was anderes als Kekse«, raunte die Küchenmagd aufmüpfig. »Aber auch mein Kaiserschmarren ist besser als der vom Küchenchef.« Sie sprach so leise, dass nur Anton sie hören konnte. Der Koch nahm seine Schürze ab, pfefferte sie auf die Arbeitsplatte und stapfte mit schweren Schritten aus der Küche. Seine Holzpantoffeln tönten laut auf dem Steinboden, und er trat die Schwingtür so heftig auf, dass sie hinter ihm noch einige Male hin- und herschwang.

Anton und die junge Frau sahen dem Mann schweigend nach. Erst als der Türflügel wieder still stand, wandte sich die Magd an Anton.

»Es freut mich, dass Ihnen meine Kekse schmecken. Ich bin übrigens die Fanny.« Sie reichte Anton die Hand. Sie war klebrig vom Staubzucker, was Anton aber nicht störte. Er wiederholte seinen Namen.

»Und wer war der Herr, der eben erbost die Küche verlassen hat?«

»Das ist der Küchenchef, der Herr Ferdinand. Er ist ein durchschnittlicher Koch, aber ein lausiger Mehlspeisbäcker, und jeder weiß das. Aber statt es zuzugeben und sich helfen zu lassen, versucht er ständig, meine Speisen schlechtzureden. Außerdem glaubt er, dass Frauen nix wert sind. Aber da ist er nicht der Einzige. Da sind alle Köche gleich. Ich hab noch nie einen erlebt, der eine Frau gelobt hätt.«

Antons begehrlicher Blick wanderte erneut zu den Husarenbusserln. »Darf ich noch einmal?«

»Nur zu«, forderte Fanny. »Sie haben es ja gehört, Sie können alle mitnehmen.«

»Das kann ich nicht annehmen.«

»Warum nicht? Ich darf sie bestimmt nicht servieren. Der Herr Silberstein vertraut dem Herrn Ferdinand. Wenn der behauptet, dass meine Nachspeisen nicht gut sind, dann glaubt er ihm. Außer er probiert davon. Was aber nur selten der Fall ist. Er verirrt sich nicht oft in die Küche. Ich muss die Busserl bestimmt kübeln.«

»Das wäre eine Sünde!«, sagte Anton bestürzt.

»Ich pack Ihnen die Busserl ein«, schlug Fanny vor. Sie suchte in einer kleinen Kammer nach einer leeren Dose und schlichtete die Kekse hinein. »Gestern habe ich Kletzenbrot gebacken. Das wurde nur deshalb zum Frühstück gereicht, weil Herr Silberstein es zuvor gekostet und für gut befunden hat.«

»Kletzenbrot ...«, wiederholte Anton schwärmerisch. Es war Jahre her, seit er zuletzt welches gegessen hatte. Kletzenbrot gehörte zu seinen liebsten Kindheitserinnerungen. Seine Großmutter hatte jedes Jahr im Advent welches gebacken.

»Wollen Sie ein Stück probieren? Ich glaube, es ist noch etwas übrig.«

»Sehr gerne«, sagte Anton.

»Setzen Sie sich. Ich hole es.« Fanny wies ihm einen Platz an einem Tisch in der Nische vor einem Fenster zu. Anton ließ sich auf einem der Sessel nieder. Von hier aus konnte er die quadratische Küche gut überblicken. Das Zentrum des Raums bildete eine Kochinsel mit einem riesigen Herd, auf dem mehrere blank polierte Töpfe standen. Zu gerne hätte Anton die Deckel gehoben, um zu erkunden, was sich darin befand.

Fanny kehrte mit einem Wecken zurück, der in ein kariertes Geschirrtuch eingeschlagen war. Sie entfaltete es, und ein dunkelbraun glänzender Laib kam zum Vorschein. Der verführerische Duft von Trockenfrüchten, Nüssen und Zimt breitete sich aus. Fanny holte aus einer der vielen Laden ein Messer und schnitt eine dünne Scheibe ab.

»Wollen Sie Butter aufs Brot?«

»Wenn das möglich wäre.«

»Ja, natürlich. Ich finde, Kletzenbrot schmeckt am besten mit einer dicken Schicht Butter.«

»Sie haben das Backen also von Ihrer Mutter gelernt?«

»Ja, sie stammte aus Böhmen und hat jahrelang in einem feinen Haushalt gearbeitet. Ich habe alles von ihr gelernt. Ursprünglich wollte ich auch Köchin werden, doch dann war ich wirklich gut in der Schule, und meine Mutter wünschte sich, dass ich einmal etwas Besseres werde. Vielleicht eine Lehrerin oder eine Krankenschwester. Aber daraus wurde leider nichts.« Ein Schatten legte sich über das Gesicht der jungen Frau.

»Was ist dazwischengekommen?«, fragte Anton.

»Die Spanische Grippe. Meine Mutter starb innerhalb weniger Tage, und auf einmal war ich auf mich allein gestellt. Mein Vater ist nicht aus dem Krieg heimgekommen. Ich muss froh sein, dass Herr Silberstein mir eine Anstellung als Stubenmädel gegeben hat. So hab ich wenigstens ein Dach überm Kopf und muss nicht hungern.«

Das Schicksal der jungen Frau rührte Anton. Es war ein Jammer, dass Bildung und ein guter Beruf so sehr vom Einkommen der Eltern abhängig waren. An der Art, wie Fanny sprach und nachdachte, war erkennbar, dass sie einen wachen Verstand hatte.

»So, hier ist die Butter.« Sie kehrte mit einer Butterdose zurück und stellte sie vor Anton auf den Tisch.

Spätestens jetzt war sich Anton sicher, dass eine gute Fee ihn in die Küche geführt hatte. Ein glücklicher Wink des Schicksals. Hier sollte er die nächsten Stunden verbringen. Vergessen waren der Schneemann und die Rodeln.

FÜNF

»Wo bleibt denn Opa?« Rosa umrundete den Schneemann und war mit dem Kunstwerk sichtlich zufrieden. »Der Schneemann ist perfekt. Jetzt brauchen wir nur noch eine Karotte.«

Eine der Marktstandfrauen am Christkindlmarkt hatte den Kindern für die weiße Figur einen kleinen Besen geliehen. »Den kann ich ohnehin nicht verkaufen«, hatte sie gemeint. »Er ist nachlässig gebunden.« Die Augen bildeten zwei Kohlestückchen, große Holzknöpfe deuteten die Kleidung an, der Mund war ein gebogener Ast. Jetzt fehlten nur noch eine Karottennase und ein Hut.

»Vielleicht ist Anton eingeschlafen?« Ernestine schaute auf ihre Armbanduhr. Es waren bald zwei Stunden vergangen. Mittlerweile war ihr in den Zehen kalt. Wenn Anton sich nicht beeilte, brauchte er beim Schneemannbauen nicht mehr mitzuhelfen.

»Was für ein Kunstwerk!« Ein Mann trat näher und bewunderte den Schneemann. »Als Kind habe ich auch Schneefiguren gebaut. Das ist aber schon lange her.«

Ernestine musterte den Fremden eingehend. So lange konnte das noch nicht her sein, denn der Mann war höchstens Mitte dreißig. Ein düsterer Schatten lag über seinem Gesicht. Das war nicht ungewöhnlich bei Männern in seinem Alter, die ihre Jugend im schrecklichsten aller Kriege gelassen hatten. Auch dieser Fremde schien in einer der Schlachten nicht nur die Leichtigkeit des Daseins verloren zu haben, sondern auch einen Fuß. In einem seiner

Schuhe steckte eine Prothese, und er stützte sich auf einen Stock.

»Haben Sie vielleicht einen alten Hut, den Sie entbehren können?«, fragte Fritzi den Fremden.

»Leider nein. Ich besitze nur den auf meinem Kopf.« Er zeigte auf die gefütterte Melone. Sie sah nicht mehr ganz neu aus, genau wie sein Mantel, der an den Ärmeln abgestoßen war. Der Mann machte insgesamt einen eher ärmlichen und leicht verlotterten Eindruck.

»Aber ich habe ein außergewöhnlich großes Taschentuch«, meinte er und holte es aus seiner Manteltasche. Es war rot-weiß kariert und erinnerte wegen seiner Größe an ein Geschirrtuch.

»Damit wird unser Schneemann eine Schneefrau«, sagte Rosa. »Dann können wir ihn nicht mehr nach Opa benennen. Soll die Schneefrau Ernestine heißen?«

»Bitte nicht!« Sie hob abwehrend die Hände und lachte. »Ich bin zwar mollig, aber so einen Kugelbauch habe ich nicht.«

»Mama hat einen Kugelbauch«, meinte Rosa.

»Ich finde, sie sieht aus wie eine Ottilia«, sagte der Fremde. Immer noch hielt er Rosa das Tuch entgegen.

»Dürfen wir es wirklich haben?«

»Selbstverständlich, bitte sehr.«

»Danke.«

»Ottilia ist gut«, befand Fritzi. »Ich kenne keine Ottilia.«

»Bist du eine Otti?« Rosa stellte sich neben die Schneefrau und tat so, als würde der Kopf wackeln. »Sie ist einverstanden.«

»Na dann. Setzt Otti das Kopftuch auf«, schlug der Mann vor.

»Es ist sehr freundlich von Ihnen, dass Sie Otti einen Kopfschmuck geben«, sagte Ernestine und stellte sich vor.

»Sehr erfreut. Ich heiße Reinhard Grottenbach.« Er reichte Ernestine die Hand. Sie kniff die Augen zusammen und dachte nach. Der Name kam ihr bekannt vor. So als könnte er ihre Gedanken lesen, fragte er: »Haben Sie ein Programmheft der Kunstauktion durchgeblättert?«

»Ja«, gab Ernestine zu, aber es klingelte immer noch nicht.

»Heute Abend wird eines meiner Gemälde versteigert.« Er verzog den Mund. »Es ist bloß ein unwichtiges Werk, von dem man sich nicht allzu viel Erlös verspricht. Aber für mich ist es eine gute Gelegenheit, dass mein Name bekannter wird. Zumindest dachte ich das.« Er zwinkerte Ernestine verlegen zu. »Heute Abend wird auch die Presse anwesend sein, und mit etwas Glück wird auch mein Bild erwähnt, falls es einen halbwegs guten Preis erzielt.«

»Welche Art Bilder malen Sie?«, fragte Ernestine.

»In erster Linie Porträts, aber ich male auch gerne Landschaften. Für heute Abend habe ich das Gemälde eines Mädchens beigesteuert.«

»Ich bin schon sehr gespannt«, sagte Ernestine. »Haben Sie auch berühmte Menschen porträtiert?«

»Bis jetzt nicht«, gab Reinhard Grottenbach zu. »Aber ich hoffe, dass ich Stella Lamprecht überreden kann, dass sie sich von mir malen lässt.«

»Die Tänzerin scheint ein beliebtes Motiv zu sein«, sagte Ernestine. »Warum ausgerechnet Stella Lamprecht?«

Grottenbach errötete. »Ich verehre Fräulein Lamprecht«, gab er zu. »Als junger Bursche habe ich sie in der Staatsoper in einem Stück von Johann Strauss tanzen sehen.

Seither bin ich davon überzeugt, dass sie das begehrenswerteste Geschöpf auf dieser Welt ist. Zerbrechlich und stark zugleich. Von graziöser, fast überirdischer Schönheit. Ich bete sie an.« Seine Augen leuchteten, und Ernestine war sich nicht sicher, ob es bloß Bewunderung oder eine manische Besessenheit war, was ihn trieb. Unbehagen kroch ihr den Nacken empor, wobei sie nicht sagen konnte, was genau dieses Gefühl hervorrief. Der junge Mann schwärmte von einer Frau – das allein konnte einem eigentlich keine Angst machen. Und dennoch hatten seine Worte etwas düster Bedrohliches.

»Wenn Opa jetzt nicht gleich kommt, dann hole ich ihn«, meinte Rosa ungeduldig. Sie rieb sich die Hände. »Langsam wird mir kalt, und ich kriege Hunger.«

»Mein Magen knurrt auch«, gab Fritzi zu.

»Dann lasst uns reingehen«, entschied Ernestine. Sie freute sich darauf, sich gleich neben einer Heizung aufzuwärmen.

An Reinhard Grottenbach gerichtet, sagte sie: »Wir sehen uns später. Ich freue mich schon auf Ihr Kunstwerk.«

Worte wie diese schien der Mann nicht gewohnt zu sein. »Vielen Dank«, flüsterte er leise und klang fast beschämt.

Rosa klopfte erneut gegen die Tür des Zimmers. Als sich immer noch nichts rührte, rief sie: »Opa, wach auf. Wir wollen rein!« Sie drehte sich zu Ernestine. »Er hört uns nicht.«

Nun probierte es auch Fritzi. Mit beiden Fäusten schlug er gegen die Tür. »Herr Böck, bitte machen Sie uns auf! Wir haben Hunger, und uns ist kalt.«

Schon wollte Ernestine die Kinder zur Ruhe mäßigen,

als sich die Zimmertür nebenan öffnete. Eine Frau streckte empört den Kopf auf den Gang.

»Was ist denn das für ein Krawall? Hören S' auf der Stelle mit dem Bahöl auf!« Sie war um die dreißig, hatte ihr blondes Haar mit einem Band nach hinten gebunden und trug einen seidenen Morgenmantel. Offenbar war sie gerade dabei gewesen, sich zu schminken. Weiße Cremereste befanden sich auf ihrer Stirn und am Kinn.

»Bitte verzeihen Sie«, sagte Ernestine entschuldigend. »Wir haben nur einen einzigen Schlüssel für das Appartement, und offenbar ist Herr Böck eingeschlafen.«

»Meinen Sie den großen, hageren Mann mit den grauen Schläfen?«

»Ja, das klingt nach ihm.«

»Er hat vor einer Stunde das Zimmer verlassen. Ich habe zufällig mitbekommen, wie er sich mit Herrn Sedlaczek unterhalten hat. Die beiden waren so laut, dass ich es bis ins Zimmer gehört habe.«

»Wenn Sie die beiden nur gehört haben, woher wissen Sie, wie Herr Böck aussieht?«, fragte Ernestine.

»Ich war neugierig, habe die Tür einen Spaltbreit geöffnet und rausgespechtelt.« Sie zuckte mit den Schultern. »Ist ja kein Wunder, wenn Leute so laut herumschreien.«

»Anton hat geschrien?«

»Nein, das war der andere, der Künstler. Ich habe nachgesehen, weil alles, was heute Abend passiert, von öffentlichem Interesse ist. Mein Mann ist Reporter. Er wird über die Ausstellung und die Auktion berichten. Ich halte bloß meine Augen und Ohren offen, damit uns nichts entgeht. Das ist alles.«

»Sind Sie auch Journalistin?«, wollte Ernestine wissen.

Die Frau hob abwehrend beide Hände. »Gott bewahre, nein!« Sie schüttelte den Kopf. »Ich begleite meinen Mann bloß. Wann gibt es schon mal eine Kunstauktion am Semmering? Dieses Spektakel will ich mir auf keinen Fall entgehen lassen.« Sie fing an, die Creme an ihrer Stirn mit den Fingerspitzen zu verteilen. »Und wer weiß, vielleicht ersteigere ich ein Kunstwerk, das in ein paar Jahren viele Tausende Schilling wert ist.«

»Haben Sie vielleicht eine Idee, wohin Herr Böck gegangen sein kann?«, fragte Ernestine.

»Bedaure. Das habe ich nicht hören können. Er hatte es sehr eilig und lief zur Treppe, nicht zum Aufzug.«

»Opa hat Angst vor Aufzügen«, sagte Rosa.

»Wirklich?« Die Frau im Morgenmantel lachte. »Nein, was es alles gibt.« Dann entschuldigte sie sich, sie müsse sich für den Abend fertig machen, und verschwand wieder in ihrem Zimmer.

»Wir werden Anton suchen müssen«, sagte Ernestine. »Weit kann er ja nicht sein.«

»Ich bin müde«, jammerte Rosa.

»Und ich habe Hunger«, fügte Fritzi hinzu.

»Kommt mit«, forderte Ernestine. »Vielleicht kriegt ihr im Kaffeehaus einen heißen Kakao.«

»Das klingt gut.« Augenblicklich kehrte Leben in die erschöpften Kinder zurück.

Das Kaffeehaus war geschlossen, aber der Rezeptionist hatte Erbarmen und schickte einen Pagen in die Küche, um Kakao für die durchgefrorenen Kinder zu holen. Er bot ihnen einen gemütlichen Tisch neben dem riesigen Christbaum an.

Zu aller Überraschung brachte der Page nicht nur einen

Krug mit dem dampfenden Getränk und Häferl, sondern auch Anton mit.

»Ist das der Herr, den Sie suchen?«

»Opa, wo warst du?«, rief Rosa vorwurfsvoll. »Wir haben eine riesige Schneefrau gebaut, eine Ottilia. Wir nennen sie Otti. Alles, was noch fehlt, ist eine Karottennase.«

»Das klingt sehr gut«, meinte Anton. »Also doch kein Opa.«

»Die Schneefrau ist echt dick geworden«, sagte Rosa.

Anton setzte sich zu Ernestine und den Kindern. »Die Karotte organisiere ich«, versprach er, und damit waren alle zufrieden.

»Ihr werdet von dem Zimmer begeistert sein«, versprach er. »Schade, dass Heide und Erich es nicht sehen können.«

»Was hast du denn die ganze Zeit über gemacht?«, wollte Ernestine wissen. Anton erzählte von seinen Begegnungen und den Schätzen, die er in der Küche ergattert hatte. Die Dose mit den Husarenbusserl stellte er zum Kakao auf den Tisch. Auch Ernestine berichtete von ihrer neuen Bekanntschaft, dem Künstler Reinhard Grottenbach.

»Wie ist denn der genaue Ablauf des Abends geplant?«, wollte Ernestine wissen.

»Laut Programmheft wird um sechzehn Uhr der Christkindlmarkt eröffnet. Er wird auch morgen und an den kommenden Wochenenden die Gäste erfreuen. Später kann man durch die Ausstellung schlendern. Um achtzehn Uhr wird das Abendessen serviert, und danach findet die Auktion statt.«

Ernestine schaute auf ihre Uhr. »Das ist ein dichter Zeitplan«, sagte sie. »Es ist schon halb vier.«

»Dann eröffnet der Christkindlmarkt bald!« Rosa

klatschte freudig in die Hände. Auf ihrer Oberlippe hatte sich ein Kakaobart gebildet.

»Seid ihr denn gar nicht müde?« Anton sah die Kinder erstaunt an.

»Jetzt nicht mehr«, meinte Rosa. Fritzi stimmte ihr zu, aber seine Augen straften ihn Lügen. Er sah erschöpft aus, die hellen Locken hingen ihm verschwitzt in die Stirn. Der Kakao brachte seine Wangen zum Glühen. Gierig stopfte er sich zwei Husarenbusserl auf einmal in den Mund.

»Eigentlich wollte ich mich vor der Ausstellung ein bisserl frisch machen«, meinte Ernestine.

»Soll ich mit den Kindern zur Eröffnung des Christkindlmarktes gehen?«, bot Anton an. Das schlechte Gewissen plagte ihn angesichts der Tatsache, dass Ernestine den ganzen Nachmittag im Schnee verbringen musste, während er im Mehlspeishimmel geschwebt hatte.

»Auf keinen Fall lasse ich mir diesen Höhepunkt entgehen«, sagte Ernestine. »Im schlimmsten Fall sitzt meine Frisur bei der Ausstellung eben nicht optimal. Das wird niemand bemerken.«

»Du siehst immer entzückend aus«, meinte Anton und ergriff ihre Hand. Rosa verdrehte die Augen, sie war derlei Verhalten von ihrem Großvater gewohnt. Fritzi hingegen schaute peinlich berührt zur Seite.

SECHS

Erst als die Dose leer gegessen und der Kakao getrunken war, verließen sie den gemütlichen Platz wieder. Anton holte rasch seinen Mantel aus dem Zimmer, und gemeinsam mit den anderen Gästen machten sie sich auf den Weg zum Innenhof des Hotels. Die Dämmerung hatte bereits eingesetzt, und die elektrischen Lichterketten sorgten für eine weihnachtlich romantische Beleuchtung. Auch der Christbaum in der Mitte des Platzes erstrahlte in festlichem Glanz. Auf einem Holzpodest hatte eine Musikkapelle Aufstellung genommen. Während weitere Lichter am Tannenbaum entzündet wurden, begannen Punkt sechzehn Uhr die Musiker zu spielen. Mehrere Trompeten stimmten »O Tannenbaum« an, einige Leute summten oder sangen leise mit. Die Musik fing sich im Innenhof und hallte von den Wänden des wie ein Schlösschen gebauten Hotels wider. Ernestine war so ergriffen, dass sie Antons Hand nahm.

Nach dem Stück trat Moritz Silberstein auf die Bühne neben die Musiker. Auch er wirkte sichtlich bewegt. Mit weicher Stimme hieß er seine Gäste willkommen. »Sehr geehrte Damen und Herren, ich freue mich sehr, dass ich Sie alle im Südbahnhotel begrüßen darf. Heute wird nicht nur der Weihnachtsmarkt eröffnet, im Anschluss findet auch eine Kunstausstellung statt und später am Abend eine Auktion. Die Einnahmen der Versteigerung werden einer karitativen Organisation zugutekommen, welche Kinder unterstützt, die im Krieg ihre Eltern verloren haben. Ich möchte mit diesem Wochenende eine neue Weihnachtstradition ins Leben rufen, die Sie nicht nur heute und morgen, sondern auch in den nächsten Jahren genießen können. Eine jährliche Veranstaltung, die uns alle erfreut und gleichzeitig den Geist der Weihnacht und der Nächstenliebe heraufbeschwört. In diesem Sinne wünsche ich uns allen gute Unterhaltung. Bitte fühlen Sie sich im Südbahnhotel herzlich willkommen.«

»Das ist schon ziemlich dick aufgetragen«, raunte Anton Ernestine ins Ohr. Doch sie war vom Zauber des Ambientes so hingerissen, dass sie nicht antworten konnte.

Die Besucher applaudierten. Es waren nicht nur Gäste aus dem Hotel, sondern auch Einheimische und Touristen aus anderen Herbergen gekommen. Sogar die Hotelangestellten standen zur feierlichen Eröffnung im Hof. Niemand wollte sich die Musik und die festliche Christbaumbeleuchtung entgehen lassen. Neben Ernestine nieste jemand dreimal laut. Es war Reinhard Grottenbach, der zuvor der Schneefrau so großzügig sein Taschentuch gespendet hatte. Jetzt schien es ihm dringend abzugehen. Er entschuldigte sich und eilte ins Hotel.

Kaum hatte Herr Silberstein die Bühne wieder verlassen, setzte erneut die Musik ein. »Leise rieselt der Schnee« erfüllte den Hof. Ein paar Menschen blieben stehen und lauschten andächtig, andere begaben sich zu den Verkaufsständen. Der Duft von kandierten Nüssen, Maroni, Lebkuchen und Punsch hing in der Luft.

»Wie schade, dass wir eben so viel genascht haben«, meinte Ernestine.

»Das wird uns doch nicht davon abhalten, etwas von den Köstlichkeiten am Markt zu probieren«, entgegnete Anton.

Rosa und Fritzi sahen das genauso. Schon flitzten sie zu einem Stand, wo rot kandierte Äpfel am Stiel angeboten wurden.

»Den Kindern wird schlecht werden«, flüsterte Ernestine Anton zu. »Sie verderben sich den Magen und haben beim Abendessen keinen Hunger mehr.«

Doch Anton machte eine wegwerfende Handbewegung. »Ein paar Kekse und ein kandierter Apfel füllen noch lange keinen Kinderbauch.«

Während Anton den Kindern zu den Süßigkeiten folgte, blieb Ernestine bei einem Stand mit Strohsternen und Krippenfiguren stehen. Gerade als sie ein filigran geschnitztes Jesuskind bewunderte, vernahm sie hinter sich Moritz Silbersteins Stimme.

»Was wollen Sie denn hier? Haben Sie im Panhans nicht ausreichend Arbeit?«

Neugierig drehte sie sich um. Der Hoteldirektor hatte seine Worte an ein elegantes Paar gerichtet.

Der angesprochene Mann grinste boshaft. »Dies ist eine öffentlich zugängliche Veranstaltung.« Genau wie seine Begleiterin trug er einen fast bodenlangen Pelzmantel. »Wir wollten uns mit eigenen Augen davon überzeugen, zu welch schäbigen Tricks Sie greifen müssen, um uns ein paar unserer Gäste abzuwerben.«

»Weder der Christkindlmarkt noch die Kunstauktion sind Tricks, sondern Attraktionen, die die Gäste schätzen«, zischte Silberstein verärgert. Er schaute sich nach allen Seiten um. Offenbar war er besorgt, dass jemand den Wortwechsel mithören konnte.

Die Frau hob ihre Stimme, damit möglichst viele Besucher auf sie aufmerksam wurden. »Ich würde sagen, dass

Sie den Besuchern schamlos ihr sauer verdientes Geld aus den Taschen ziehen. Die Preise, die Sie für gewässerten Punsch mit viel zu viel Zucker und Lebkuchen, der Nüsse nur von Weitem gesehen hat, verlangen, sind ein Skandal.« Auf ihrer Pelzmütze wippte eine riesige Pfauenfeder, die mit einem geschliffenen Glasstein befestigt war.

»Wenn es Ihnen nicht passt, dann gehen Sie doch zu Ihrem Onkel ins Panhans!«, forderte Silberstein. »Oder hat er Sie hergeschickt, damit Sie für ihn herumspionieren?«

»Wir sind in der Tat neugierig. Soweit wir informiert sind, ist Ihr Hotel im Moment eher eine Baustelle.« Der Mann verzog abfällig den Mund. »Wie schäbig, dass Sie es dennoch wagen, Gäste zu beherbergen. Passen Sie bloß auf, dass niemand von einem Baugerüst erschlagen wird.«

»Ich muss Sie bitten, den Hof zu verlassen«, zischte Silberstein zunehmend ungehalten.

»Oh, das werden wir, gewiss«, sagte der Mann süffisant. »Aber erst nach der Auktion.«

»Wie bitte?« Silbersteins Gesicht wurde blass wie der Schnee, der auf und neben den Ständen lag.

»Lesen Sie Ihre Gästeliste etwa nicht?« Das Lachen der Frau klang boshaft. Ihre dunkel geschminkten Augen standen schräg, sie erinnerten an die einer Katze. »Wir werden am Abendessen und an der anschließenden Versteigerung teilnehmen.«

»Wollen Sie etwa meine Veranstaltungen stören?«

»Aber nicht doch, mein Lieber!« Die Frau wollte Silberstein beschwichtigend am Oberarm fassen, doch er zuckte ärgerlich zurück. »So etwas würde uns niemals einfallen.« In ihren Worten steckte eine Drohung. Dann drehten die beiden sich um und schlenderten sichtlich gut gelaunt zu einem der Stände weiter.

Moritz Silberstein starrte ihnen fassungslos hinterher. Als er bemerkte, dass Ernestine ihn beobachtete, rang er sich ein Lächeln ab und lief mit hurtigen kleinen Schritten ins Hotel.

Ernestine stellte das Jesuskind zurück zu den anderen Figuren. »Wissen Sie, wer das Paar im Pelzmantel ist?«, fragte sie die Marktstandlerin.

»Ja, natürlich, das ist der Neffe vom Panhans-Direktor Leopold Hofmeister, Severin Hofmeister, mit seiner Frau Roswitha. Die beiden werden eines Tages das Hotel übernehmen, da Leopold Hofmeister selbst keine Erben hat. Er hat nie geheiratet. Ein Lebemann, wie er im Buche steht.«

Mit neu erwachtem Interesse musterte Ernestine die beiden im Pelzmantel. Sie hatten sich eben zum Ehepaar Kruger aus Stuttgart gesellt. Auch ohne zu hören, was da geplaudert wurde, konnte Ernestine sich gut vorstellen, wie die vier gemeinsam über den Weihnachtsmarkt herzogen. Da half es auch nichts, dass sie reichlich Punsch tranken. Vor allem Frau Hofmeister schien von dem heißen Getränk, über das sie eben noch laut gelästert hatte, angetan zu sein. Sie nahm gerade ein weiteres Häferl entgegen. Als eine junge Frau in Dirndl und dunkelgrünem Lodenjanker mit glockenklarer Stimme »Es ist ein Ros entsprungen« anstimmte, lachten die vier unangenehm schrill.

SIEBEN

Nach zwei Bechern Kinderpunsch und einem mit Alkohol für Ernestine, einem Stanitzel mit gebratenen Maroni und einem mit gebrannten Mandeln verließen sie den Weihnachtsmarkt wieder und kehrten zurück ins Hotel. »Ui, der Mann beim Punschstand hat mit dem Rum nicht gegeizt«, meinte Ernestine beschwingt. Sie hatte nur ein paar Schlucke davon genommen und den Becher dann stehen lassen.

»Müssen wir uns die Ausstellung wirklich anschauen?« Rosa gähnte, und auch Fritzi sah müde aus.

Ernestine schüttelte den Kopf. »Nein, rastet euch im Zimmer aus. Wir holen euch dann zum Abendessen ab.«

»Ich habe das Schild zu einer Hotelbibliothek gesehen«, erklärte Anton. »Vielleicht gibt es dort auch Brettspiele, die man ausleihen kann.«

Augenblicklich schien die Müdigkeit von den Kindern wieder abzufallen. Die Vorstellung, ein Regal mit Spielen zu durchstöbern und danach die Zeit allein in einem riesigen Hotelzimmer zu verbringen, war so aufregend, dass das Ausruhen auf später verschoben werden musste.

»Ich gehe mit den Kindern zur Bibliothek und bringe sie ins Zimmer«, bot Anton an. »Du kannst schon mal zur Kunstausstellung schauen.«

Ernestine überlegte. Eigentlich sollte sie sich endlich frisch machen und frisieren, ihre grauen Locken hatten den ganzen Nachmittag unter einer Wollhaube gesteckt. Aber dann konnte sie sich vielleicht nicht die ganze Ausstellung ansehen, und das wäre jammerschade. Also schlüpfte sie aus dem Mantel und drückte ihn Anton in den Arm. Sie ging zu einem der goldgerahmten Spiegel im Foyer, fuhr sich mit den Fingern durchs Haar und befand, dass diese Maßnahme völlig ausreichte.

»Dann sehen wir uns in der Ausstellung!« Sie reichte Anton seine Eintrittskarte, schickte den Kindern eine Kusshand und marschierte gut gelaunt in Richtung des Festsaals, der sich im Nebenflügel des Gebäudes befand. Kleine Schilder in schmalen Ständern wiesen ihr den Weg. Ernestine war nicht die Erste, die die Ausstellung sehen wollte, vor dem Eingang zum Saal hatte sich bereits eine Menschentraube versammelt. Einige Damen trugen vornehme Abendkleider, ein paar Männer hatten sich in einen Frack geworfen. Doch es gab auch andere Gäste, die wie Ernestine alltagstaugliche Winterkleidung anhatten.

Als sie bei dem uniformierten Hotelmitarbeiter ankam, wies sie ihre Karte vor und erhielt von ihm einen Ausstellungskatalog. »Die Kunstgegenstände, die später versteigert werden, finden Sie nur im Katalog. Sie werden jetzt nicht gezeigt, da sie bereits für die Auktion bereitgestellt sind. Die Bilder und Skulpturen in diesem Raum können Sie zu dem Preis erwerben, den Sie auf den Schildern neben den Kunstwerken finden.«

»Wo ist denn der Auktionsraum?«, fragte Ernestine.

»Gleich nebenan.« Der Bursche zeigte zu einer Doppelflügeltür, die verschlossen war.

»Und dort befinden sich bereits die Kunstwerke, die zur Versteigerung angeboten werden?«

»Nein, die sind in einem Nebenraum untergebracht, für den nur der Herr Direktor einen Schlüssel besitzt.« Er senkte die Stimme und legte die Hand an den Mund. »Damit die Objekte sicher vor Gfrastsackeln sind.« Er zwinkerte ihr zu. »Der Teufel schläft auch im Advent nicht. Besser, man geht auf Nummer sicher.«

»Ich verstehe.« Ernestine nahm den Katalog entgegen und verschaffte sich einen Überblick. Der Festsaal war lang gestreckt und verfügte über eine hohe Decke, die mit sakral anmutender Malerei verziert war. Riesige Kronleuchter hingen herab und tauchten den Raum in warmes Licht. Man hatte alle Möbel entfernt und stattdessen kleine Podeste errichtet, auf denen sich Skulpturen aus Stein, Bronze und Keramik befanden. An den Wänden hingen Ölgemälde neben Aquarellen und Zeichnungen. Auch Siebdrucke waren darunter. In einer Ecke gab es einen Kleiderständer mit schön gestalteten Stoffen, auch sie konnten käuflich erworben werden. »Backhausen«, stand auf einem Schild daneben. Es handelte sich um Drucke aus einer Fabrik, die eng mit der Wiener Werkstätte zusammenarbeitete. Überall erinnerten rote Christbaumkugeln und grünes Tannenreisig daran, dass es sich um eine Adventsveranstaltung handelte.

Ernestine beschloss, systematisch vorzugehen, um ja nichts zu übersehen. Sie startete an der linken Saalseite, wollte einmal rundum gehen und sich dann den Podesten in der Mitte widmen.

Eine männliche Stimme sprach sie an. »Interessieren Sie sich für etwas Besonderes?« Ernestine drehte sich um. Vor ihr stand ein großer, außerordentlich gut aussehender Mann um die vierzig. Sein eng geschnittener Anzug ließ erkennen, wie durchtrainiert sein Körper war. Das dunkle Haar ergraute bereits an den Schläfen, sein Kinn war makellos rasiert. Ein angenehmes Parfum umgab ihn.

»Nein, ich bin einfach neugierig und will alles durchstöbern«, gestand sie.

»Dann geht es Ihnen wie mir!« Er verneigte sich vor ihr. Seine Bewegung wirkte eine Spur feminin. »Darf ich mich Ihnen anschließen? Allein durch die Ausstellung zu flanieren, ist langweilig.« Er hatte einen weichen Akzent, der an eine osteuropäische Sprache erinnerte.

»Sehr gerne«, sagte Ernestine. Sie stellte sich vor.

»Wie unhöflich von mir, bitte entschuldigen Sie. Mein Name ist Dimitri Iwanow.«

Ernestine ergriff seine Hand. Der Druck war kräftig. Sie überlegte. Schon wieder ein Name, der ihr bekannt vorkam. Warum nur war ihr Gedächtnis heute so langsam? Lag es am Ende am Punsch?

So als könnte er ihre Gedanken lesen, sagte Herr Iwanow: »Ich war jahrelang Solotänzer an der Wiener Staatsoper.«

»Oh, daher kenne ich Sie«, rief Ernestine und war froh, dass das Rätsel gelöst war. »Vor Jahren habe ich Sie in einem Stück von Johann Strauss gesehen.«

Der Tänzer lächelte. »Ich hoffe, ich konnte Sie überzeugen.«

»Oh ja!«, erwiderte Ernestine. »Ich war ganz hingerissen. Ihre ehemalige Tanzpartnerin Stella Lamprecht ist an diesem Wochenende auch hier.«

Er wurde ernst. »Ich weiß«, sagte er. »Sie ist der Grund für meinen Besuch.«

»Weiß Fräulein Lamprecht von Ihrer Anwesenheit?«

»Nein, es ist eine Überraschung. Ich muss gestehen, dass ich sie seit Jahren nicht mehr gesehen habe. Als ich in der Zeitung las, dass an diesem Wochenende ein Gemälde von ihr versteigert werden soll, wollte ich mir das auf keinen

Fall entgehen lassen. Wer weiß, vielleicht ersteigere ich es sogar.« Er lachte.

»Das heißt, Sie werden mitsteigern? Wie aufregend.«

»Ich habe es zumindest vor«, gestand Dimitri Iwanow. »Wenn die Summe nicht in exorbitante Höhen getrieben wird, würde ich mich freuen, wenn ich das Bild bekäme.«

»Wie schade, dass wir es noch nicht sehen können«, meinte Ernestine.

Der Tänzer wollte ihr zustimmen, als das Ehepaar Kruger zu ihnen trat. »Saget Sie, sind Sie etwa der Dimitri Iwanow?« Klara Krugers Stimme überschlug sich förmlich. Ihr schwäbischer Dialekt klang stärker denn je.

»Ja, und mit wem habe ich die Ehre?«

»Karl und Klara Kruger!« Herr Kruger streckte ihm die Hand entgegen. Bevor er sich näher vorstellen und von seinen Reifen erzählen konnte, verabschiedete sich Ernestine. Sie wollte in Ruhe die Ausstellung anschauen und nicht erneut über den Reichtum des deutschen Ehepaars informiert werden. Bildete sie es sich nur ein, oder schaute Dimitri Iwanow ihr bedauernd nach?

Beim Eingang entdeckte Ernestine Anton. Er sah sie nicht gleich, und sie lief zu ihm.

»Du warst aber flott«, sagte sie und hakte sich bei ihm unter.

»Die Kinder haben sich für ›Mensch ärgere dich nicht‹ entschieden und noch einen Satz Dominosteine mitgenommen. Ich bezweifle aber, dass sie eines der beiden Spiele angreifen werden. Sie sind von den Zimmern so begeistert, dass ich annehme, Rosa wird Fritzi dazu nötigen, sich eine der Decken umzuhängen und in die Rolle eines Prinzen zu schlüpfen, während sie selbst die Prinzessin gibt.«

»Hauptsache, die beiden haben ihren Spaß«, meinte Ernestine. »Wir werden uns gewiss gut unterhalten. Schau nur, dahinten werden Stoffe von der Firma Backhausen ausgestellt. Was meinst du, sollen wir das Kutscherhäuschen mit neuen Vorhängen ausstatten?«

»Unsere Vorhänge sind neu«, entgegnete Anton.

»Sie waren doch bloß eine Notlösung, weil wir nichts anderes gefunden haben«, sagte Ernestine.

»Waren sie das? Ich habe das anders in Erinnerung.«

»Aber ja doch!«, versicherte Ernestine und zog Anton mit sich zu dem Stand mit den Stoffen.

»Na, das freut mich aber, Sie haben Ihren Mann wiedergefunden!« Die Frau, die Ernestine zuwinkte, war ungewöhnlich grell geschminkt. Ihre Wangen leuchteten rot, die Lippen glänzten, und die Augen waren dick mit Kohlestift umrandet. Auf falschen Wimpern hingen winzige Glitzersteinchen. Ernestine brauchte einen Augenblick, um in ihr die Frau wiederzuerkennen, die ihr zuvor mit Cremeresten im Gesicht am Gang begegnet war.

»Darf ich Ihnen meinen Ehemann vorstellen?« Die farbenfrohe Dame zeigte auf den Mann neben sich. »Oskar Thalhammer. Er ist Reporter für die hiesige Presse. Aber schon bald wird er für eine große Tageszeitung in Wien schreiben.«

»Wir wollen nicht über ungelegte Eier reden, Finnerl.« Der schwammige Mann mit dem breiten Gesicht und der glänzenden hohen Stirn bemühte sich ohne Erfolg, seinen mächtigen Bauch einzuziehen. Stolz streckte er die Schultern durch, offenbar genoss er das überschwängliche Lob seiner Frau. Um seinen Hals hing eine Kamera, hinter einem Ohr klemmte ein Bleistift, und in der Hand hielt er einen Block. Jeder im Raum konnte erkennen, dass er ein Journalist war.

Ernestine bemerkte: »Gewiss wird Ihnen dieses Wochenende eine Menge Stoff für einen spannenden Artikel liefern.«

»Das hoffe ich sehr«, sagte Oskar Thalhammer. »Es wäre ein Jammer, wenn wir das ganze Geld umsonst ausgegeben hätten.«

Nun kamen Ernestine Zweifel an der Wichtigkeit des Reporters. War es nicht üblich, dass den Mitarbeitern einer Zeitung die Kosten für Fahrt und Übernachtung bezahlt wurden?

»Dort hinten ist Stella Lamprecht!« Thalhammer unterbrach das Gespräch abrupt und ließ Ernestine und Anton einfach stehen, um zu der Tänzerin zu eilen. Seine Ehefrau trippelte ihm aufgeregt hinterher. In der Zwischenzeit hatte Dimitri Iwanow sich vom Ehepaar Kruger loslösen können und Fräulein Lamprecht gefunden. Die beiden Tänzer umarmten sich wie alte Freunde. Thalhammer nutzte die Gelegenheit und schoss ungefragt ein Foto. Schwefelgestank wehte bis zu Ernestine und Anton herüber.

»Auch gut«, meinte Ernestine. »Dann eben kein Gespräch mit dem wichtigen Journalisten. Ich wollte ohnehin die Stoffe durchstöbern.«

Sie zeigte noch einmal auf den Kleiderständer in der hinteren Ecke des Saals, wo auch noch mehrere Stoffballen auf einem Tisch lagen. Alle wiesen bunte, ausgefallene Muster auf. Anton nahm Blumen, Weinreben und Ornamente mit geometrischen Formen wahr. Auch orientalisch Anmutendes war darunter. »Bestimmt sind die Preise für die Stoffe unverschämt hoch«, meinte Anton, und seine

Stimme klang hoffnungsvoll. Offenbar fand er die Vorstellung, die dezenten weißen Gardinen im Häuschen gegen so kräftige Farben einzutauschen, eher bedrohlich.

Ein harmloses Blumenmuster in Pastelltönen weckte Ernestines Interesse. Doch auch das war Anton zu gewagt. Wenn sie ihn dazu überreden wollte, musste sie geschickt vorgehen und sich einen Plan zurechtlegen. Besser, sie fing mit einer gewagten Pfauen- und Schlangenkreation an, dann würden die zarten Blumen nach einer halben Stunde wie ein harmloser Kompromiss aussehen.

»Sieh mal, Anton, was hältst du von den bunten Federn und den exotisch anmutenden Schlangen?«

»Oh mein Gott. Ist das dein Ernst?«

ACHT

Eine halbe Stunde später konnte Ernestine zwei Zierkissen mit Blumenmustern ihr Eigen nennen. Wegen der gesalzenen Preise waren es statt der Vorhänge nur Pölster geworden. Ernestine war höchst zufrieden und Anton erleichtert, dass er sich in Zukunft das Blumenmuster beim Frühstück in den Rücken stopfen konnte und nicht ständig vor den Fenstern sehen musste.

Kurz vor dem Abendessen wollte Ernestine sich doch noch ein bisschen frisch machen und einen eingehenderen Blick in den Spiegel werfen, bevor sie mit all den elegant gekleideten Besuchern den Speisesaal betrat. Anton blieb im Erdgeschoß und suchte schon mal nach ihrem Tisch, während Ernestine ihren eben erworbenen Schatz in den ersten Stock brachte.

Mit raschen Schritten lief sie die Treppen hinauf und klopfte, bevor sie die Tür öffnete. Erwartungsgemäß hatten die Kinder nicht abgesperrt. Sie fand die beiden im Badezimmer. Es dauerte einen Moment, bis die Umrisse der Kinder sich aus dem dicken Dampf schälten. Sie hatten die Badewanne volllaufen lassen, Berge von Badeschaum produziert und manövrierten gefaltete Papierschiffchen durch die Schaumgebirge.

»Sieh nur, Ernestine, mein Dampfer umrundet einen riesigen Eisberg«, sagte Rosa begeistert. Die dunklen Haarsträhnen klebten feucht an ihrer Stirn.

»Sehr beeindruckend«, meinte Ernestine. »Ihr solltet die Zimmertür absperren, wenn ihr im Bad seid.«

»Warum denn?«, fragte Fritzi. Auch sein Haar war feucht und die Ärmel seines Hemds klatschnass. Ernestine fragte sich, was der Bub beim Abendessen anziehen sollte. Er hatte bestimmt kein Ersatzhemd dabei.

»Weil jeder hereinkommen kann, ohne dass ihr es bemerkt.« Sie klatschte in die Hände. »Und jetzt werden wir die Polarlandschaft im Abfluss verschwinden lassen und zum Abendessen gehen. Ich hoffe, ihr habt Hunger.«

Rosa verzog das Gesicht und sah Fritzi betroffen an. »Also eigentlich …«

»Dann waren die Kekse am Nachmittag doch zu viel.«

»Es waren nicht die Kekse«, gab Fritzi zerknirscht zu.

»Die Maroni und die kandierten Nüsse?«

Die Kinder wichen ihrem Blick aus.

»Also raus mit der Sprache. Was gibt es zu verbergen?«, forderte Ernestine.

»Wir hatten Hunger«, gab Rosa zu. »Und da sind wir den Gang entlanggeschlichen, hinunter zur Küche. Vor der Tür stand ein Servierwagen mit lauter kleinen Nachspeistellern.«

»Schokoladepudding, Oberscreme und Windbeutel«, schwärmte Fritzi.

»Ihr werdet nach den Keksen und den Süßigkeiten am Weihnachtsmarkt doch nicht noch weiter genascht haben?«

Betroffen starrten die beiden auf ihre Fußspitzen. »Es sah so gut aus«, sagte Fritzi. »Und mein Magen hat geknurrt.«

»Ich habe es gehört«, pflichtete Rosa bei. »Er hat sich wie ein gefährlicher Tiger angehört. Wir mussten etwas dagegen unternehmen.«

Ernestine verbiss sich ein Schmunzeln und bemühte

sich, ernst zu bleiben. »Also habt ihr einen Dessertteller mitgenommen?«

Rosa hob ihre Hand und streckte Ernestine drei Finger entgegen.

»Ihr habt drei Nachspeisen gegessen?«, rief sie entsetzt.

»Jeder von uns«, fügte Fritzi kleinlaut hinzu.

»Kein Wunder, dass ihr keinen Hunger habt«, sagte Ernestine.

»Wir waren aber nicht die Einzigen!«, verteidigte sich Rosa.

»Andere Gäste haben auch Desserts stibitzt?«

»Wir sind zwei Mal gegangen. Beim ersten Mal haben wir vier Teller geholt und dann noch einmal zwei. Als wir den Nachschub holten, war vor uns ein Mann beim Wagen.«

»Und der hat auch Desserts genommen?«

»So genau haben wir das nicht gesehen«, sagte Fritzi. »Auf alle Fälle hat er sich nach allen Seiten umgesehen und nervös gewirkt. Rosa und ich haben uns versteckt. Als er weg war, haben wir die zwei Teller genommen und sind schnell weggelaufen. Auf der Treppe haben wir dann einen Mann gehört, der in die Küche gerufen hat, dass acht Teller fehlen. Ich glaube nicht, dass er dachte, dass sie stibitzt wurden.«

»Ganz sicher nicht«, sagte Rosa voller Überzeugung. »Er hat ja gesagt, dass acht Teller vergessen wurden und nicht gestohlen. Deshalb waren wir ja so erleichtert und sind zurück ins Zimmer gerannt.«

»Was habt ihr mit den leeren Tellern gemacht?«, wollte Ernestine wissen.

Rosa zeigte zum Nachttischchen im Zimmer. Die Teller sahen blitzblank aus.

»Habt ihr die abgewaschen?« Sie entdeckte Minna, die

neben den Tellern am Boden lag und sie mit so intensivem Blick fixierte, als würden gleich erneut Mehlspeisen darauf wachsen.

»Minna hat die Reste gefressen«, gestand Rosa.

»Auch das noch!« Ernestine sah zur Hündin. »Na, hoffentlich kriegt sie keine Bauchschmerzen. Die Teller nehmen wir mit.«

»Aber dann müssen wir zugeben, dass wir die Teller vom Wagen geholt haben!« Fritzi klang verzagt. »Vielleicht glaubt man, wir hätten acht Nachspeisen gegessen.«

»Na ja, so viel Unterschied ist zwischen acht und sechs nicht.« Ernestine verzog die Lippen. Sie sah die Kinder ungewohnt streng an. »Das war wirklich nicht klug von euch.«

Betroffen sahen die beiden zu Boden.

»Aber es ist auch keine Tragödie«, fuhr Ernestine fort, und die Kinder entspannten sich wieder. »Ich möchte trotzdem, dass ihr mit zum Abendessen kommt. Auch wenn ihr keinen Hunger habt. Ein Teller Suppe oder eine Tasse Kamillentee renkt euren verdorbenen Magen vielleicht wieder ein.«

»Kamillentee?« Rosa zog die Nase kraus.

Doch Ernestine überging die Bemerkung. Sie schaute auf Fritzis nasses Hemd.

»Hast du einen Pyjama dabei?«

Der Bub nickte.

»Dann wirst du ihn unter deinem Pullover tragen müssen. Du kannst unmöglich mit einem nassen Hemd in den Speisesaal gehen. Ich will nicht, dass du dich verkühlst.«

»Auf meinem Pyjama sind kleine Häschen und Ponys.«

Rosa kicherte.

»Man sieht nur den Kragen«, entgegnete Ernestine. Angesichts der Dessertorgie war ein bisserl Strafe durchaus angebracht, befand sie.

Eine Sache interessierte sie noch. »Wie hat der Mann ausgesehen, der sich ebenfalls bei den Desserts bedient hat? War es am Ende dein Großvater, Rosa?«

»Nein! So was würde Opa nie machen«, erwiderte Rosa ernst. »Wir haben den Mann nur von hinten gesehen. Er war ziemlich dick.«

»Dann war es eindeutig nicht Anton.«

Kurz darauf waren sie auf dem Weg in den Speisesaal. Fritzis Kragen steckte unter dem Pullover, man konnte die Häschen und Ponys nur erahnen.

Dezente Klaviermusik, Stimmengewirr und das Klappern von Besteck und Geschirr drangen aus dem großen Raum. An der Eingangstür stand ein Kellner neben einem Stehtischchen. In einer Liste hakte er die Namen der Gäste ab. Ernestine nannte ihre Zimmernummer.

»Herr Böck hat bereits Platz genommen. Er sitzt an Tisch 2.2«, sagte der Mitarbeiter und wies in eine Ecke des Saals zu einem Tisch mit vier Plätzen.

Ernestine ließ die Kinder vorangehen.

»Oh, da seid ihr ja endlich«, sagte Anton vorwurfsvoll. »Der Kellner war schon dreimal hier und wollte die Suppe servieren.« Sein Magen schien keineswegs verdorben. Kaum dass alle saßen, kam ein Ober im Frack und schöpfte aus einer Suppenterrine Grießnockerlsuppe in die Teller.

»Mmh, wie das duftet.« Anton verdrehte schwärmerisch die Augen. Die Kinder waren etwas blass um die Nase. Tapfer löffelten sie trotzdem ihre Suppe.

»Schmecken euch die Grießnockerl nicht?«, fragte Anton verwundert. »Sie sind flaumig und schmackhaft.«

»Wir haben keinen Hunger«, sagte Rosa.

»Oje, vielleicht haben wir mit den Husarenbusserl doch ein bisserl übertrieben? So ein Kindermagen ist wohl kleiner als der eines Erwachsenen. Das tut mir leid.« Anton plagte sichtlich das schlechte Gewissen.

Schließlich hatte Ernestine Erbarmen mit den Kindern. »Wenn ihr satt seid, lauft zurück ins Zimmer.« Sie reichte ihnen den Schlüssel. »Aber keine Ausflüge mehr!« Sie hob warnend den Zeigefinger.

»Versprochen«, sagten beide zeitgleich und wuselten davon.

»Was für Ausflüge?«, wollte Anton wissen.

»Das erkläre ich dir später.« Ernestine legte die Hand auf Antons Unterarm. »Genieß das Abendessen.« Das ließ Anton sich nicht zweimal sagen. Der Suppe folgte ein Rindsbraten mit Erdäpfeln, und danach wurden die verschiedenen Desserts serviert. Eine Auswahl mehrerer kleiner Portionen wurde auf jeden Tisch gestellt. Es gab Schokoladepudding, Windgebäck und Oberscreme mit frischen Früchten.

Anton war hingerissen. »Die Mehlspeisköchin ist ein Genie«, lobte er.

Am Nebentisch befanden sich Andrej und Anastasia Popow. Das Ehepaar, mit dem Stella Lamprecht nichts zu tun haben wollte, aß dort gemeinsam mit dem Künstler Reinhard Grottenbach, der den Kindern sein Taschentuch geschenkt hatte, und den künftigen Erben des Panhans-Hotels, Roswitha und Severin Hofmeister. Ein Sessel war leer. Ernestine nahm an, dass dort ursprünglich Fräulein

Lamprecht hätte sitzen sollen. Sie entdeckte die Tänzerin am anderen Ende des Saals neben dem Ehepaar Kruger, Dimitri Iwanow, Theodor Sedlaczek und einer älteren Dame, die Ernestine noch nicht kennengelernt hatte.

»Ob ich mir noch eine weitere Nachspeise gönnen soll?«, überlegte Anton laut. »Die Oberscreme schaut ebenfalls verlockend aus. Der Schokoladepudding war einfach famos.«

Er schielte zum Nebentisch. Gerade als er nach dem Ober winken wollte, stand Frau Hofmeister auf. Sie fasste sich theatralisch auf den Bauch. »Oh mein Gott, ist mir übel!«, stöhnte sie so laut, dass alle im Saal sie hören konnten. »Ich glaube, die Nachspeise war verdorben.« Sie übergab sich in einem Schwall und traf dabei Reinhard Grottenbachs Sakko.

Entsetzt sprang der Künstler auf und schrie auf. »Was tun Sie da? Oh nein! Schauen Sie sich diese Sauerei an.«

Danach ging es Schlag auf Schlag. Während Reinhard Grottenbach mit einer Stoffserviette an seinem Sakko herumwischte, rief Herr Hofmeister nach einem Arzt. Er wandte sich an alle Gäste im Saal. »Meine Frau wurde eben vergiftet. Lassen Sie bloß die Finger von der Nachspeise. Sie ist mit Sicherheit verdorben.«

Eine Dame kreischte laut auf. Jemand schob den Dessertteller so weit von sich, dass er von der Tischkante kippte und klirrend zu Boden fiel. Im allgemeinen Tumult eilte Oskar Thalhammer zum Ehepaar Hofmeister. »Ich bin Reporter. Was ist passiert? Bitte erzählen Sie alles in Ruhe.«

»Wir brauchen einen Arzt, keinen Journalisten!« Herr Hofmeister half seiner Frau, die sich auf den Boden gelegt und die Füße auf dem Sessel hochgelagert hatte. Er breitete sein Sakko über ihre Beine.

»Ist ein Mediziner unter den Anwesenden?« Der Reporter wandte sich an die Gäste.

Niemand meldete sich.

»Eine Krankenschwester?«

»Ein Apotheker!«, sagte Ernestine und zupfte Anton am Ellbogen.

Widerwillig stand Anton auf, ging zum Nebentisch und kniete sich neben die am Boden liegende Frau. Er griff nach ihrem Handgelenk, um den Puls zu fühlen. Er schien völlig in Ordnung.

»Haben Sie Schmerzen, leiden Sie unter Atemnot?«

Erschöpft verneinte Frau Hofmeister.

»Ich denke, es geht schon wieder ein bisschen besser«, meinte sie schwach.

Unterdessen wiederholte Herr Hofmeister seinen Vorwurf, seine Frau sei vergiftet worden. »Lassen Sie um Himmels willen die Finger von den Nachspeisen!«, rief er in den Saal.

Der Reporter neben ihm machte sich eiligst Notizen.

Nun trat auch Ernestine zu Anton. »Sollen wir Ihnen wieder hochhelfen?«

»Ja, bitte.« Die Frau stützte sich auf Ernestine und Anton und ließ sich nach oben ziehen.

»Also mir ist nicht übel«, murmelte Anton. »Dir etwa?« Er fragte Ernestine, doch sie antwortete nicht. Zu sehr war sie von dem allgemeinen Durcheinander gefesselt.

Reinhard Grottenbach schlüpfte aus seiner Jacke. »So eine Sauerei!«

Nun kam Moritz Silberstein in den Saal gestürzt. Sein

Kopf war hochrot. Nervös blinzelte er zu Frau Hofmeister. »Bitte beruhigen Sie sich wieder«, forderte er seine Gäste auf. »Ich versichere Ihnen, dass die Nachspeisen einwandfrei sind. Bestimmt hat die Übelkeit Ihrer Frau andere Ursachen.«

»Die Oberscreme ist vergiftet«, beharrte Severin Hofmeister.

Das Wort »Gift« sorgte für weiteren Tumult. Aufgeregt plapperten die Gäste durcheinander.

Reinhard Grottenbach schien mit anderen Problemen beschäftigt. »Was soll ich denn jetzt zur Auktion tragen?«, fragte der Künstler. »Mein Sakko stinkt erbärmlich.«

»Wir werden uns darum kümmern und es auf der Stelle reinigen lassen.« Moritz Silberstein nahm das Sakko mit spitzen Fingern entgegen und reichte es einem der Kellner, der neben ihm stand. »Bitte bringen Sie das zu Fanny, sie soll das erledigen.«

Dann wandte er sich wieder an seine Gäste und bat um Ruhe. »Ich kann verstehen, dass Sie nun alle besorgt sind. Aber ich versichere Ihnen, dass meine Mitarbeiter nur die erlesensten Zutaten verwendet haben. Dennoch werden wir auf der Stelle Ersatz auftreiben. Meine Mitarbeiter holen Kekse vom Weihnachtsmarkt: In Kürze werden wir Sie mit Vanillekipferln, Spitzbuben und Linzeraugen verwöhnen.«

»Wer garantiert uns, dass die nicht auch verdorben sind?«, raunte jemand.

»Außerdem servieren wir Ihnen Kaffee und Cognac. Beides geht aufs Haus!«

Die kritischen Stimmen wurden leiser. Wohlwollendes Murmeln löste den Protest ab. Nur Severin Hofmeister ätzte boshaft weiter: »Sie glauben wohl, dass Sie sich aus diesem Schlamassel freikaufen können. Aber ich werde persönlich dafür sorgen, dass die Öffentlichkeit von dem Skandal erfährt. Im Panhans würde so etwas niemals passieren.«

Ernestine lag eine böse Bemerkung auf der Zunge. Es war noch nicht lange her, da hatte sie bei der Aufklärung von zwei Mordfällen im Panhans mitgeholfen.

Hofmeister wandte sich an Oskar Thalhammer. »Haben Sie das alles aufgeschrieben?« Der Reporter nickte eifrig.

Während Hofmeister bemüht war, alle von einer Vergiftung zu überzeugen, schien ihn das Wohl seiner Ehefrau wenig zu interessieren. Trotz der dicken Schicht Schminke in ihrem Gesicht wirkte sie immer noch blass, wenn auch nicht mehr ganz so farblos wie zuvor. In gekrümmter Haltung hatte sie die Hände schützend vor ihren Magen gelegt. Es war Moritz Silberstein, der nach Kamillentee rief. Kurz darauf kam ein Ober und servierte ihn der mitgenommen wirkenden Dame. Als Roswitha Hofmeister einen Schluck davon nahm, kehrte wieder Farbe in ihr Gesicht zurück. Ihre Wangen färbten sich rosig. Wenn es tatsächlich eine Lebensmittelvergiftung war, verlief sie harmloser als befürchtet.

Langsam beruhigte die Stimmung im Saal sich wieder. Nun meldete Andrej Popow sich zu Wort. »Ich denke, dass es die Oberscreme war«, rief er. »Auch meine Portion ist verdorben. Ich verlange mein Geld zurück. Ganz bestimmt werde ich für dieses Wochenende nicht bezahlen.«

Erneut setzten Stimmen ein. Einige klangen zustimmend, andere ob der frechen Forderung empört.

Um seine Worte zu unterstreichen, roch Popow an seinem Dessertteller und rümpfte angewidert die Nase.

Andere taten es ihm gleich. Die meisten Gäste schienen seine Meinung nicht zu teilen. Eine Dame nahm mutig ein Löffelchen und meinte: »Also, meine Creme ist einwandfrei.«

Bevor erneut eine Diskussion entstehen konnte, hob Moritz Silberstein beschwichtigend die Hände. »Meine Mitarbeiter werden jetzt alle Desserts abräumen und gegen Kekse tauschen. Wir werden die Creme untersuchen lassen. Bitte machen Sie sich keine Gedanken mehr. Es wird sich alles in Wohlgefallen auflösen, schließlich beginnt der Abend erst. Denken Sie an die bevorstehende Auktion. Sobald Sie mit dem Dessert fertig sind, werden wir damit beginnen. Ich wünsche uns allen noch einen unterhaltsamen Abend.«

»Unterhaltsam wird er bestimmt!« Frau Thalhammer rieb sich genüsslich die Hände.

Silberstein überging den Kommentar und gab seinen Mitarbeitern entsprechende Anweisungen. Sofort fingen die Kellner mit dem Abservieren der Dessertteller an. Da das Ehepaar Hofmeister kein Zimmer bezogen hatte, begleitete ein Stubenmädchen die angeschlagene Frau auf die Toilette, damit sie sich frisch machen konnte.

Reinhard Grottenbach erhielt ein Ersatzsakko. Es war ihm an den Ärmeln zu kurz, das Hemd lugte darunter hervor. »Ich sehe aus wie der Kasperl«, raunte er.

Und Ernestine vernahm von einem der weiter entfernten Tische einen bösen Kommentar. Er stammte von Theodor Sedlaczek. »Kein Wunder, er ist ja auch einer.«

Ernestine und Anton kehrten zu ihrem Tisch zurück. Es war erstaunlich, wie rasch die Mitarbeiter des Hotels auf jede Widrigkeit reagierten. Mit zuvorkommender Höflichkeit sammelten sie Besteck und Dessertreste ein. Wehmütig sah Anton den Köstlichkeiten nach. »Ewig schade«, meinte er.

Als kurz darauf die Kekse serviert wurden, legte sich die Aufregung im Saal. Beinahe vergessen waren die Vergiftungsvorwürfe. Sogar Frau Hofmeister sah wieder weitgehend erholt aus; sie hatte im Waschraum frische Schminke aufgelegt, ihre Wangen strahlten jetzt rosig. Wäre da nicht ein boshaftes Grinsen in ihrem Gesicht gewesen, hätte man sie als attraktive Frau bezeichnen können.

»Irgendwie werde ich den Gedanken nicht los, dass sie über den Vorfall nicht unglücklich ist«, bemerkte Ernestine leise.

NEUN

Der Rest des Abendessens verlief ruhig und ohne weitere Aufregungen. Als die ersten Gäste fertig waren, erhoben sie sich, um in den angrenzenden Raum zu gehen, der für die Auktion vorbereitet war.

Anton wollte sich kurz die Füße an der frischen Luft vertreten, Ernestine begleitete ihn. »Eine gute Idee«, meinte sie und hakte sich bei ihm unter. Hohe Glastüren führten zu einer riesigen Terrasse, ein Kellner hatte eine davon geöffnet. Klare Winterluft strömte in den Saal.

»Allzu lange werde ich nicht hier draußen bleiben«, sagte Ernestine und schlang die Arme um ihren Körper. Ihre dünne Leinenbluse bot nicht ausreichend Schutz gegen die Kälte.

Sie machten ein paar Schritte zur Balustrade. Der Himmel war wolkenlos und voller Sterne. »Oh, sieh nur, der Polarstern!« Ernestine zeigte nach oben. »In Wien ist die Luft nie so klar.«

»Selten«, gab Anton zu. Die Nächte, in denen man Sternbilder am Himmel ausmachen konnte, waren dort rar. Meist hing eine Dunstglocke aus Rauch und Staub über der Stadt. Da half auch der ständig wehende Wind nichts.

Neben einer der Laternen, in denen orangefarbenes Kerzenlicht flackerte, stand Stella Lamprecht. Sie rauchte. Ein Laster, das Ernestine bei einer Primaballerina nicht erwartet hätte. Fräulein Lamprecht schien ihre Gedanken richtig zu deuten, entschuldigend meinte sie: »Ich habe erst nach meiner aktiven Zeit als Tänzerin damit angefangen.« Genüsslich blies sie hellen Rauch in die eiskalte, klare Luft, warf den verbliebenen Stummel auf den Boden und trat ihn aus. Selbst diese Bewegung wirkte an ihr graziös. Alles an Stella Lamprecht sah elegant und geschmeidig aus. So als würde sie auch abseits der Bühne leichtfüßig durchs Leben tanzen. Nur ihr Gesichtsausdruck passte nicht dazu. In ihren großen hellen Augen lag eine tiefe Traurigkeit.

»In der Zeitung stand, dass Sie bald unterrichten werden. Stimmt das?«, fragte Ernestine.

»Ich hoffe, dass ich einen Vertrag mit der Ballettschule der Oper bekomme«, antwortete die Tänzerin. »Leider sind es meistens Männer, die den Vorzug erhalten. Dabei wäre es so wichtig, dass auch Frauen mitreden können, wie junge Mädchen unterrichtet werden.«

»Da stimme ich Ihnen zu«, sagte Ernestine.

»Sollte ich Lehrerin werden, muss ich mir dieses Laster wohl abgewöhnen.« Stella Lamprecht lachte kehlig und zeigte auf den Zigarettenstummel am Boden. Wieder fiel Ernestine auf, wie tief ihre Stimme war.

»Damit Sie ein gutes Vorbild abgeben?«

Stella Lamprecht nickte. »Leider waren die wenigsten Lehrer, denen ich in meinem Leben begegnet bin, Vorbilder.«

»Das tut mir leid.« Ernestine fühlte sich auf den Schlips getreten.

Stella Lamprecht musterte sie vom Kopf bis zu den Zehen. »Oh, verzeihen Sie.« Wieder konnte ihr Lachen ihre Augen nicht erreichen. »Sie sind Lehrerin.«

»Mittlerweile bin ich im Ruhestand. Aber ich habe über dreißig Jahre lang Latein unterrichtet.«

»Ich sprach von Tanzlehrern, die kein Vorbild sind«,

korrigierte sich Stella Lamprecht und zuckte dann mit den Schultern. »Die wenigsten denken an ihre Schüler, den meisten geht es ausschließlich um sich selbst. Auch dann noch, wenn sie nicht mehr in der ersten Reihe tanzen. Als müsste dieser hart erkämpfte Platz ein Leben lang gehalten werden. Und die wenigsten spielen dieses Spiel mit fairen Mitteln.«

»Dabei sieht der Balletttanz auf der Bühne so leichtfüßig und schwerelos aus«, sagte Ernestine.

»Manchmal fühlt es sich auch so an. Deshalb nehmen Tänzerinnen die Entbehrungen ja auf sich«, gab Stella Lamprecht zu. »Aber leider nur manchmal.« Sie verzog ihre Lippen zu einem schiefen Grinsen, das wohl ein Lächeln sein sollte. »Bitte verzeihen Sie mir. Der Champagner ist mir wohl zu Kopf gestiegen.«

»Oder die Oberscreme. Haben Sie davon gegessen?«, fragte Anton.

»Nein, ich achte auf meine Figur. Je älter ich werde, umso schwieriger ist es, schlank zu bleiben.«

»Aber Sie sind doch sehr, sehr –« Weiter kam Anton nicht. Er wurde unterbrochen.

»Hier bist du, meine Liebe. Wenn ich es nicht besser wüsste, müsste ich annehmen, du gehst mir aus dem Weg!« Eine tiefe männliche Stimme dröhnte über die Terrasse.

Ernestine und Anton drehten sich um. Andrej Popow kam auf sie zu.

Stella Lamprecht zuckte zusammen. »Genau das ist der Fall.«

Er verzog das Gesicht mit gespielter Enttäuschung. »Sag bloß, du bist mir immer noch böse, dass ich Anastasia geheiratet habe. Wäre es nicht an der Zeit, diesen Groll endlich aufzugeben?«

»Es war und ist mir völlig einerlei, wen du heiratest.« Die Antwort der Tänzerin klang ehrlich.

»Dann verstehe ich dein Verhalten nicht. Schließlich habe ich dich zu dem gemacht, was du heute bist.«

»Ach ja? Glaubst du das wirklich?« Stella Lamprecht drehte sich zu Ernestine um. »Sehen Sie, genau davon habe ich eben gesprochen.« Ohne weitere Erklärungen wandte sie sich ab und ging entschlossen an Popow vorbei. Mit eleganten Schritten eilte sie zurück in den Speisesaal. Der einstige Vortänzer starrte ihr konsterniert nach.

Ernestine durchbrach die Stille. »Die Dame ist wohl nicht gut auf Sie zu sprechen.«

»Undank ist der Welten Lohn«, sagte Popow. »Fräulein Lamprecht ist der Erfolg zu Kopf gestiegen. Und jetzt scheint sie nicht zu verkraften, dass ich als Direktor der Ballettschule darüber entscheiden werde, ob sie unterrichten darf oder nicht. Sie sollte diesen Umstand akzeptieren und nicht versuchen, dagegen anzukämpfen. Ich werde mich hüten, einer psychisch instabilen Tänzerin so eine wichtige Aufgabe zu übergeben.«

»Andrej, Liebling! Die Auktion beginnt gleich. Wir wollen sie doch nicht versäumen!« Anastasia Popow stand in der Tür zur Terrasse und winkte ihrem Ehemann zu.

»Na, dann wollen wir mal sehen, ob unsere Stella zumindest als Modell etwas taugt«, murmelte er und folgte seiner Frau.

»Ein unangenehmer Mann«, meinte Anton. »Hast du gehört, wie er Moritz Silberstein gedroht hat, er werde für das Wochenende nichts bezahlen wegen der angeblich verdorbenen Oberscreme? Wenn er der Direktor der Ballettschule ist, muss er doch wohlhabend sein. Und wie kommt Fräulein Lamprecht auf die absurde Idee, sie könnte dick werden? Diese ganze Ballettwelt ist seltsam.«

»Auf jeden Fall scheint es im wirklichen Leben der Tänzer nur wenig Leichtigkeit zu geben«, meinte Ernestine. »Und was den Reichtum betrifft – nur weil Menschen Geld haben, heißt das noch lange nicht, dass sie deshalb nicht geizig sind. Denk an das Ehepaar Kruger.«

»Manche können eben nie genug bekommen.«

»Wobei ich mir einbilde, letzthin bei der Friseurin in einer der Illustrierten gelesen zu haben, dass darüber spekuliert wird, Popow könnte als Direktor abgesetzt werden.«

»Du liest Klatschzeitschriften?«

Entschuldigend zuckte Ernestine mit den Schultern. »Ich bin eben an allem interessiert.«

»Auch am Leben der Schönen und Reichen?«

»Warum denn nicht?« Ernestine verzog den Mund und fügte dann hinzu: »Es gibt im Friseursalon keine Kulturzeitschriften. Dort liegen bloß Illustrierte auf, und bevor ich mich von meiner Friseurin in ein langweiliges Gespräch über ihre Cousinen und Cousins vierten und fünften Grades, ihre Nichten und Neffen, ihre Urschlumpftanten und sehr weit entfernten Bekannten verwickeln lasse, lese ich lieber, wer sich mit wem trifft und wer der nächste Ballettdirektor an der Staatsoper werden könnte.«

»Und wer kommt außer Popow in Frage?«, erkundigte sich Anton.

»Dimitri Iwanow.«

»Das ist in der Tat interessant.«

Ernestine lächelte. »Eben. Du solltest auch mal in die Illustrierten hineinblättern.«

»Gott bewahre!« Anton hob abwehrend beide Hände.

Dann wechselte er das Thema. »Willst du nach der ganzen Aufregung immer noch die Auktion besuchen? Schließlich werden wir nichts mehr erstehen, da wir schon etwas gekauft haben.«

»Machst du Scherze?«, fragte Ernestine. »Ich will unbedingt zur Versteigerung. Die Veranstaltung darf ich nicht verpassen, sie ist der Höhepunkt des Wochenendes.« Sie musterte Anton von der Seite. »Willst du sie dir etwa entgehen lassen?«

Anton neigte den Kopf. »Also, wenn ich ehrlich bin, würde ich die Lektüre der Abendausgaben der Presse in der Hotellounge bevorzugen. Der Christbaum bietet eine stilvolle Kulisse.«

»Nur wenn du statt der Presse eine Illustrierte wählst«, meinte Ernestine mit einem Augenzwinkern.

»Um Himmels willen.« Anton stöhnte. »Dann lieber die Auktion.« Leise fügte er hinzu: »Vielleicht fällt es niemandem auf, wenn ich kurz die Augen schließe.«

Ernestine tat so, als hätte sie den Kommentar nicht gehört. Sie hängte sich bei ihm ein und zog ihn zurück zum Speisesaal. »Lass uns gehen, bevor die besten Plätze in den ersten Reihen vergeben sind.«

Anton ging aufreizend langsam. Sein Hintergedanke war leicht zu durchschauen. Je weiter hinten er saß, umso größer war die Chance, unbemerkt ein Nickerchen zu halten.

ZEHN

Die Türen neben dem Festsaal standen offen. Aufgeregte Stimmen redeten wild durcheinander, die Geräusche, die herausdrangen, erinnerten an einen Hummelschwarm. Man hatte den Raum für die Auktion sorgfältig vorbereitet. In mehreren Reihen standen weiß-goldene Sessel, auf denen dunkelrote Sitzpölster lagen. Die meisten davon waren bereits besetzt. Ganz vorne hatte man ein Podest aufgebaut, bedeckt mit Stoff im selben Rotton wie die Sitzpölster. Ein hoher Tisch und eine Staffelei auf dem Podest gaben einen Vorgeschmack auf das, was die Gäste gleich erwartete. Auf dem Stehpult erkannte Anton eine Glocke und einen Hammer.

»Dort vorne sind noch zwei freie Plätze!« Ernestine zog Anton in die dritte Reihe, wo sich auf der rechten Seite tatsächlich noch unbesetzte Sessel befanden. Nur widerwillig folgte Anton ihr, viel lieber hätte er sich ganz hinten niedergelassen. Ein anderes Paar eilte ebenfalls auf die beiden freien Plätze zu, doch Ernestine war schneller. Rasch setzte sie sich und lächelte das Paar, das leer ausgegangen war, entschuldigend an.

Die Frau schnaufte verärgert. »Unmöglich!«, murmelte sie finster.

»Manche Leute sind einfach schlechte Verlierer«, meinte Ernestine gut gelaunt.

»Mir wäre ein Platz in den hinteren Reihen auch recht gewesen«, bemerkte Anton.

»Dort hätten wir nur halb so viel gesehen.«

Anton seufzte und versuchte, das Beste aus der Situation zu machen.

Nach und nach füllten sich auch die letzten freien Plätze. Die Stimmen der Besucher wurden immer lauter. Auf Anton hatte die Geräuschkulisse eine einschläfernde Wirkung. Oder war seine Müdigkeit dem guten Essen geschuldet? Noch durfte er die Augen nicht schließen, aber sobald die ersten Kunstobjekte den Besitzer wechselten und die gesamte Aufmerksamkeit des Publikums beim Podest war, würde er sich ein Nickerchen gönnen.

Immer noch drängten Besucher in den Raum. Sie mussten sich mit Stehplätzen an der Rückseite des Saals zufriedengeben. Nun erklomm Moritz Silberstein über eine kleine Holztreppe die improvisierte Bühne. »Ich wünsche Ihnen allen einen wunderschönen Abend. Wie schön, dass unsere bescheidene kleine Veranstaltung so viel Interesse findet.«

Roswitha und Severin Hofmeister saßen in der ersten Reihe, direkt vor Ernestine und Anton. Frau Hofmeister raunte ihrem Ehemann ins Ohr: »Dieser hinterhältige Jud. Er hat diesen Erfolg nicht verdient.«

»Geduld, meine Liebe. Noch ist der Abend nicht zu Ende. Silberstein mag ein reicher Jude sein, aber er hat keine Ahnung, wie man ein Hotel erfolgreich führt. Dazu braucht es mehr als ein dickes Bankkonto.«

Da war er wieder, der offene Hass gegen Juden. Beschimpfungen wie diese waren vielen Bürgern zur Gewohnheit geworden. Der Antisemitismus war längst salonfähig. Erst neulich hatte Anton auf einem Wahlplakat der Christlichsozialen die Darstellung eines Juden gesehen, der gierig seine Finger nach dem Besitz einfacher Menschen ausstreckte. Darunter hatte gestanden: »Lasst euch nicht ausnehmen wie Weihnachtsgänse. Kauft nicht länger bei Juden ein.«

Kurz überlegte er, ob er den Schmähungen des Ehepaars etwas entgegensetzen sollte, schließlich war sein Schwiegersohn Jude, doch dann entschied er sich dagegen. Der Abend war so schon turbulent und konfliktgeladen genug. Bestimmt fand Moritz Silberstein keinen Gefallen an einem weiteren Wortgefecht unter seinen Gästen.

Unterdessen stellte der Hoteldirektor den Herrn vor, der durch die Auktion führen würde: Dr. Leonhard Pfeifer. Er war Notar in Gloggnitz. Der Mann trug einen schwarzen Frack und eine elegante weinrote Weste. Mit langsamen Schritten – er war nicht mehr der Jüngste – kam er auf die Bühne und kündigte das erste Kunstobjekt an, eine Keramik aus der Wiener Werkstätte. Ein Hotelpage brachte einen großen Wasserkrug mit phantastisch anmutenden Früchten darauf in den Raum. Anton fragte sich, wo man so ein riesiges Teil unterbringen sollte. Sein Geschirrschrank würde sich dazu nicht eignen. Aber offenbar stand anderen Leuten mehr Platz zur Verfügung, denn das Interesse an dem Krug war groß. Herr Silberstein las die Beschreibung der Keramik vor, pries die Künstlerin, die sie erschaffen hatte, und nannte einen Ausrufpreis von zwanzig Schilling. Sofort hob ein Mann in der ersten Reihe die Hand und rief die doppelte Summe.

»Oh, ist das aufregend!«, murmelte Ernestine.

»Sei bloß leise«, bat Anton besorgt. »Sonst glaubt man am Ende noch, wir würden mitbieten.«

Die Vorstellung war beängstigend. Nie im Leben würde er für einen Wasserkrug, den er in keinem Geschirrschrank unterbringen konnte, so viel Geld ausgeben, völlig egal, wer ihn gemacht hatte.

Die folgenden Angebote wurden nur langsam höher. Einmal wurden fünfzig Groschen mehr geboten, dann ein oder zwei Schilling. Plötzlich stand eine Dame in der letzten Reihe auf und rief: »Hundertzwanzig Schilling!« Ein Raunen ging durch den Saal.

»Der Krug ist es wert«, sagte die Dame voller Überzeugung. Moritz Silberstein ließ seinen Blick suchend über das Publikum schweifen. Auch Dr. Pfeifer sah sich um. Er fragte: »Bietet jemand mehr?« Mit dramatischer Geste hob er den Hammer, wartete einen Augenblick und sagte dann: »Hundertzwanzig Schilling zum Ersten, zum Zweiten und zum Dritten!« Der Hammer sauste auf den Tisch, und es ertönte lauter Beifall. »Die Keramik von Vally Wieselthier geht an die Dame in der letzten Reihe!«

Sichtlich zufrieden mit ihrem Kauf grinste die Besucherin.

Zwei weitere Keramiken wurden auf ähnliche Weise versteigert. Danach meldete sich wieder Moritz Silberstein zu Wort. »Als Nächstes steht der Verkauf eines ganz besonderen Kunstwerks auf dem Programm«, sagte er. »Und nicht nur der Maler selbst, Herr Theodor Sedlaczek, sondern auch sein Modell, die bezaubernde Tänzerin Stella Lamprecht, sind heute unter unseren Gästen. Bitte begrüßen Sie mit mir die beiden Künstler.« Er zeigte zur ersten Reihe, wo sowohl Sedlaczek als auch Lamprecht sich erhoben. Ein tosender Applaus setzte ein. Nur Anastasia Popow und Reinhard Grottenbach, die schräg vor Ernestine und Anton saßen, klatschten nicht. Grottenbach tat so, als würde er im Katalog blättern, und Frau Popow verschränkte demonstrativ die Arme vor der Brust. Der Beifall ihres Ehemanns wirkte ebenfalls zurückhaltend. Nur zögerlich schlug er die Hände ineinander.

»Wir präsentieren Ihnen nun das Gemälde ›Darstellung einer Tänzerin‹.« Moritz Silberstein wies zur Tür zum Nebenzimmer. Doch statt ein Bild zu tragen, winkte ihm der Page bloß aufgeregt zu.

»Was ist los?«, fragte Silberstein genervt. »Warum bringen Sie das Bild nicht?«

Wieder winkte der Mitarbeiter.

»Einen Moment, bitte!« Sichtlich nervös stieg der Hoteldirektor vom Podest und lief zur offen stehenden Tür.

»Wie herrlich«, freute sich Severin Hofmeister. Mit boshafter Miene beugte er sich zu seiner Frau. »Habe ich dir zu viel versprochen? Es würde mich nicht wundern, wenn das Bild gar nicht da ist. Der ganze Abend ist ein großartiges Desaster.«

An der Tür zum Nebenraum erstarrte Moritz Silbersteins Gesicht. Er raufte sich das schüttere Haar, dann verschwand er im Lagerraum. Eine Zeit lang passierte gar nichts. Dr. Pfeifer bemühte sich um Ruhe im Saal. Er gratulierte den drei Käufern zum Erwerb der Kunstwerke, die bereits ersteigert worden waren. Dabei schielte er immer wieder zum Türrahmen, durch den Silberstein verschwunden war.

Kurz darauf kehrte der Hoteldirektor zurück. Zum zweiten Mal an diesem Abend war er blass geworden. Zitternd stieg er auf die Bühne. Als er sich zu Wort meldete, klang seine Stimme brüchig. »Ich muss Ihnen mitteilen, dass wir das Bild nicht zur Auktion anbieten können«, sagte er. »Es ist nicht mehr da.«

»Was soll das heißen?« Wie von der Tarantel gestochen sprang Theodor Sedlaczek von seinem Sessel auf. »Natürlich ist es da. Ich habe es selbst mitgebracht und dort abgestellt!« Er zeigte zum Nebenraum.

»Es ist nicht mehr da«, wiederholte Silberstein. Er wirkte völlig aufgelöst. Anton verspürte Mitleid mit dem Direktor, den das Pech zu verfolgen schien.

Sedlaczek streckte die Schultern durch und stürmte zum Nebenraum. Sein Gesicht hatte denselben Farbton angenommen wie das rote Halstuch, das wohl sein Markenzeichen war. Fräulein Lamprecht schien von dem Verschwinden des Gemäldes nicht sonderlich beeindruckt zu sein. Mit stoischer Miene blieb sie sitzen. Gemurmel erhob sich. Dr. Pfeifer fragte, ob er mit der Versteigerung eines anderen Kunstgegenstands fortfahren sollte. Sedlaczek hielt vor dem Nebenraum an und drehte sich um. Ungehalten schrie er den Mann an: »Wenn mein Kunstwerk gestohlen wurde, wird es keine weitere Auktion mehr geben, dann wird die Polizei eingeschaltet! Ich lasse mir so etwas nicht bieten.«

Ein Raunen ging durch den Saal. Aufgeregte Stimmen erhoben sich und plapperten wild durcheinander. Sedlaczek verschwand erneut im Nebenraum, Silberstein folgte ihm noch einmal. Die Blicke aller waren auf die offene Tür gerichtet. Man konnte nicht erkennen, was dahinter vor sich ging. Doch schon wenige Augenblicke später trat Sedlaczek wieder heraus. Wie ein kleines Hündchen trottete Silberstein ihm hinterdrein. Anton musste an Minna denken, und plötzlich überfiel ihn das schlechte Gewissen. Während alle schlemmten, hatte die arme Hündin bis auf ein kleines Würstel am Weihnachtsmarkt noch nichts bekommen. Bei der nächsten Gelegenheit würde er aufs Zimmer gehen und die Cockerspanieldame versorgen.

»Das ist ein Skandal!«, schrie der Künstler lauthals. »In diesem Hotel befindet sich ein Dieb, ein Krimineller. Ich verlange, dass umgehend die Polizei gerufen wird.«

»So beruhigen Sie sich doch!« Moritz Silberstein bemühte sich um Deeskalation. Jedoch ohne Erfolg. Der Tumult, der nun einsetzte, war kaum zu stoppen.

»Köstlich, einfach köstlich.« Frau Hofmeister kicherte hinter vorgehaltener Hand.

Unterdessen drängte Oskar Thalhammer nach vorne. Seine Frau war an seiner Seite, sah sich wichtigtuerisch um und hielt das Blitzgerät mit beiden Händen hoch, als ihr Ehemann ungefragt ein Foto schoss. Der Gestank nach Schwefel breitete sich aus.

»Polizei, wir brauchen die Polizei!«, stimmte eine Dame in einer der hinteren Reihen ein. Silberstein winkte einen Hotelmitarbeiter heran, flüsterte ihm etwas zu und schickte ihn dann weg.

»Ich muss Sie erneut um Ruhe bitten«, forderte er seine Gäste auf. »Wir werden die Polizei in Mürzzuschlag oder Gloggnitz informieren. Mit etwas Glück wird in Kürze ein Beamter zu uns kommen. In der Zwischenzeit werden meine Mitarbeiter Sie mit kleinen Erfrischungen erfreuen.«

»Ich bin so satt, dass ich nicht ein winziges Bröserl mehr zu mir nehmen kann«, sagte ein Mann hinter Anton. »Ich möchte eines der Bilder ersteigern und nicht noch weiter gemästet werden.«

Frau Hofmeister lachte nun lauthals. Sie und ihr Ehemann schienen mit der Entwicklung der Ereignisse höchst zufrieden zu sein.

»Das ist alles unglaublich spannend«, sagte Ernestine. »Ich will auf keinen Fall etwas versäumen. Aber ich muss dringend für kleine Mädchen. Anton, bitte schlaf jetzt nicht ein, sondern erzähl mir danach alles ganz genau, ich bin gleich wieder da.« Ernestine stand auf.

Anton fragte sich, worauf er achtgeben sollte. An ein Nickerchen war leider nicht mehr zu denken. Es war viel zu laut im Saal, und es stank, denn Thalhammer fotografierte noch einmal. »Nichts entgehen lassen«, ermahnte Ernestine Anton noch einmal leise. Er nickte ergeben.

ELF

So schnell sie konnte, lief Ernestine auf die Toilette. Sie war nicht die Einzige, die den Ort nach dem üppigen Abendessen aufsuchte. Vor ihr in der Warteschlange stand Frau Kruger. Es war ungewöhnlich heiß in dem winzigen Waschraum.

»Noi, was für ein Durcheinander«, sagte die Industriellengattin. Ihre Augen glänzten. Offenbar fand sie den Abend ebenso spannend und aufregend wie Ernestine. »I hoff ja, dass sie des Gemälde wiederfindet. Des würd ich gern ersteigere.«

»Haben Sie es denn schon in natura gesehen?«, wollte Ernestine wissen.

»Noi, wie denn? Des isch doch g'stohle.« Klara Kruger senkte die Stimme. »Aber des wär scho aufregend, wenn mir a Gemälde hättet, des amal g'raubt worde isch, findet Sie ned?«

»Na ja.« Ernestine überlegte. »Hätte ich ausreichend Geld, dann würde ich ein Gemälde danach aussuchen, wie gut es in meine Wohnung passt.«

Frau Kruger lachte. »A wa, des isch doch langweilig!«

»Wie viel war das Gemälde wohl wert?«, fragte Ernestine.

»Im beschten Fall hätt des Bild zweihundert Schilling bracht. Aber des wär scho Glück g'wese.«

»Das ist zwar eine hohe Summe, aber deshalb den ganzen Aufwand mit dem Diebstahl? Das erscheint mir unwahrscheinlich. Angesichts der Summe wäre das doch zu riskant.«

»Den Sedlaczek kennt doch keiner«, sagte Frau Kruger. »An dem Gemälde isch bloß inderessant, dass die Stella Lamprecht dafür Modell g'sesse hat. Und jetzt, dass es g'stohle worde isch.«

»Würden Sie etwa nach dem Diebstahl mehr für das Bild zahlen?«, wollte Ernestine wissen.

Frau Kruger überlegte. »Ha no, zweihundertfuffzg würd ich scho zahle dafür.«

Eine Frau kam aus der Kabine, und Klara Kruger konnte hineingehen.

Auch für Ernestine wurde eine Toilette frei. Nachdem sie das stille Örtchen wieder verlassen hatte, war ihr plötzlich so heiß, dass sie kurz frische Luft schnappen wollte. Statt über einen Umweg zur Terrasse zu gehen, nahm sie einen Hinterausgang neben dem Speisesaal und trat in die dunkle Winternacht. Augenblicklich kühlte ihr ein eisiger Wind die Wangen. Ernestine nahm ein schabendes Geräusch neben sich wahr. Neugierig sah sie sich um. Eine Küchenmagd kippte die Reste der Nachspeisen in einen Mistkübel. Dabei hatte sie Tränen in den Augen. Ihrer Miene nach zu urteilen, waren es Tränen der Wut.

»Was tun Sie da?«, fragte Ernestine.

»Sieht man das nicht? Ich schmeiß die Arbeit von zwei Nachmittagen weg. Können Sie sich vorstellen, wie lang ich das Eiklar für die Windbäckerei geschlagen hab und wie mühsam es war, die Oberscreme so schaumig hinzukriegen?«

»Sind Sie Fanny?«

»Ja, woher …?« Die junge Frau richtete sich auf und wischte eine Haarsträhne, die sich aus ihrer Frisur gelöst hatte, hinters Ohr.

»Mein Freund Anton Böck war am Nachmittag bei Ihnen. Sie haben ihn mit Ihrem Backwerk verzaubert. Mich haben Sie übrigens auch überzeugt. Ich habe noch nie so gute Husarenbusserl gegessen.«

Der zarte Hauch eines Lächelns erschien auf dem herzförmigen Gesicht der Frau. »Der freundliche alte Herr hat die Mehlspeis so gelobt. Das war a richtige Freud, ihm beim Essen zuzusehen.«

»Ja, das war eindeutig Anton«, meinte Ernestine. »Warum werfen Sie jetzt alle Nachspeisen weg?«

»Der Herr Direktor hat Angst, dass alles verdorben is, was aber nicht stimmt.«

»Angeblich war es nur die Oberscreme«, sagte Ernestine.

»Auch die war völlig einwandfrei«, entgegnete Fanny. »Irgendjemand muss in eine der Schalen was reingetan haben, damit es so aussieht, als hätte ich gepfuscht. Aber das hab ich nicht. Ich schwör es.« Sie hob ihre rechte Hand an die Brust.

»Will Ihnen denn jemand etwas Böses?«, fragte Ernestine.

»Der Ferdinand, der Küchenchef, will mich loswerden. Er ist eifersüchtig, weil meine Nachspeisen besser schmecken als seine. Er behauptet immer, Frauen wären nur gut zum Geschirrwaschen und zum Erdäpfelschälen. Der glaubt, dass er was Besonderes ist, nur weil er was zwischen den Beinen baumeln hat.«

Ernestine schoss das Blut in die Wangen ob der derben Ausdrucksweise.

Fanny lachte böse. »Dabei ist der Ferdinand selbst ein Depp der Sonderklasse. Der hat vom Kochen nicht den blassesten Schimmer. Er ist es doch, der ständig Hilfe braucht, und nicht umgekehrt.«

»Denken Sie, dass er zu so einer hinterhältigen Tat fähig wäre? Damit schadet er doch vor allem seinem Dienstgeber Herrn Silberstein. Im schlimmsten Fall verliert der Herr Ferdinand mit so etwas seine Anstellung.«

Das Mädchen zuckte mit den Schultern. »So weit denkt der Ferdinand nicht«, erwiderte sie überzeugt. »Er hasst alle Frauen. Und weil er so ein geistiges Nackerpatzl ist, hab ich jetzt den Scherm auf. Alle glauben, ich hätte gepanscht, bestimmt darf ich jetzt nimmer in der Küche helfen. Dafür muss ich das ang'spiebene Sakko vom Herrn Grottenbach putzen. Das stinkt widerlich.«

»Bestimmt gibt es eine plausible Erklärung, und alles löst sich in Wohlgefallen auf«, meinte Ernestine. »Haben Sie vielleicht zwei verschiedene Massen geschlagen und Obers aus zwei unterschiedlichen Behältern verwendet?«

»Nein, alle Zutaten sind von der Huberbäuerin. Die beliefert das Hotel mit Milch, Obers, Butter und Käse. Kein Hof hat a bessere Qualität als ihrer.«

»Wann waren Sie mit der Zubereitung fertig?«, wollte Ernestine wissen.

»Am Nachmittag. Ich hab dann die Desserts auf kleine Teller gerichtet und hübsch garniert. Alle Portionen waren gleich. Nichts davon war verdorben. Ich hab alles selbst probiert, und mir ist nicht schlecht geworden. Und als der Basti dann g'rufen hat, dass ich ein paar Teller zu wenig gerichtet hab, hab ich Kärtchen zu den Speisen gelegt.«

»Welche Kärtchen?«, wollte Ernestine wissen.

»Na, jeder Tisch im Speisesaal hat eine Nummer. Und ich habe die Desserts danach geordnet.«

»Interessant, dass Sie das sagen!« Ernestine biss sich auf die Lippen. »Im Herbst war ich im Böhmischen Prater Zeugin, wie jemand versehentlich ein falsches Getränk serviert bekam und daran verstarb, weil die Bestellnummern vertauscht wurden.«

Fanny sog lautstark die Luft ein. »Wollen Sie sagen, dass dort jemand vergiftet wurde?«

»Ja!«

»Wie schrecklich!« Fanny fasste sich an die Brust.

»Nun, das heißt noch lange nicht, dass das auch hier der Fall war«, beruhigte Ernestine und fügte hinzu. »Vielleicht verträgt Frau Hofmeister kein Schlagobers. Das soll ja vorkommen.«

»Wenn Sie mich fragen, verträgt sie keinen Rum. Der Max, der den Punsch ausschenkt, ist dafür bekannt, dass er Damen gerne ein Stamperl mehr ins Häferl kippt.« Fanny hatte nun den letzten Rest ihrer Nachspeisen in den Mistkübel gekratzt. Immer noch verärgert, schlug sie den Deckel auf die Tonne. Das metallene Scheppern hallte im Hinterhof wider.

Ernestine musste an das hochprozentige Getränk denken, das sie zuvor hatte stehen lassen. Gut möglich, dass Frau Hofmeister sich deshalb übergeben hatte. Innerhalb kurzer Zeit hatte sie mehrere Becher getrunken. Warum hatte Moritz Silberstein mit voreilendem Gehorsam reagiert und alle Dessertteller abservieren lassen? Machte er sich damit nicht erst recht verdächtig? Er wirkte mit dem heutigen Abend heillos überfordert.

»Ich finde es schade, dass Sie alles weggeworfen haben«, sagte Ernestine. »Eine unglaubliche Verschwendung von kostbaren Lebensmitteln.«

»Es ist nicht das einzig Sonderbare in diesem Hotel«, raunte Fanny. »Hier arbeiten Kellner mit Rechenschwäche und Küchenchefs, die keine Nachspeisen zubereiten können. Während Stubenmädchen, die es könnten, ihre Speisen in den Mist kippen müssen.« Sie drehte Ernestine den Rücken zu und lief zurück zum Kücheneingang.

Nachdenklich machte Ernestine sich auf den Weg zurück in den Auktionsraum. Kellner mit Rechenschwäche, was sollte das bedeuten? War das wichtig? In einem Hotel bezahlte man seine Rechnung doch am Ende des Aufenthalts bei der Rezeption.

Im Auktionsraum hatte sich die Atmosphäre noch weiter aufgeheizt.

»Das ist doch lächerlich. Hierbleiben? So weit kommt es noch. Was sollen wir der Polizei denn sagen? Ich verlange, das Hotel auf der Stelle verlassen zu dürfen!« Herr Hofmeister erhob die Stimme. Einige Gäste pflichteten ihm bei.

Ernestine zwängte sich zurück auf ihren Platz. »Was habe ich versäumt?«, wollte sie wissen.

»Ein weiteres Gemälde ist verschwunden«, sagte Anton. »Es stammt von Reinhard Grottenbach und zeigt das Porträt eines unbekannten Mädchens.«

»Ich erinnere mich«, meinte Ernestine. »Er hat erwähnt, dass auch ein Bild von ihm zur Versteigerung angeboten wird. Ich habe es im Ausstellungskatalog gesehen, dem Werk aber keine Bedeutung beigemessen.«

»In einer Stunde wird die Polizei erwartet«, fuhr Anton leise fort. »Herr Silberstein will, dass alle Gäste und Mitarbeiter des Hotels sich auf den Speisesaal, diesen Raum, die Hotellobby und das Kaffeehaus aufteilen. Vorerst darf niemand das Hotel verlassen.«

»Ist das seine Idee? Es erscheint mir reichlich übertrieben.«

»Ich glaube, das hat der Polizist verlangt, der kommen wird. Und Herr Silberstein ist so durch den Wind, dass er alles macht, um nicht noch mehr Probleme zu bekommen.«

»Man glaubt also, dass der Dieb sich unter den Gästen befindet?« Ernestine spürte, wie eine kribbelnde Aufregung von ihr Besitz ergriff.

»Angeblich ist der Raum die ganze Zeit über verschlossen gewesen. Außer dem Direktor und den Stubenmädchen hat niemand einen Generalschlüssel, und die Mädchen müssen ihn nach dem Reinigen der Zimmer bei Silberstein abgeben. Es ist ein Rätsel, wie jemand das Gemälde entwenden konnte. Herr Silberstein hat am Nachmittag alle Kunstobjekte kontrolliert. Er behauptet, dass da noch alles vorhanden war.«

»Ich liebe Rätsel.« Ernestine rieb sich die Hände.

»Ich weiß«, stöhnte Anton. Während er sich einen ruhigen Abend gewünscht hätte, verlief die Auktion nun ganz nach Ernestines Vorstellungen. »Ich frage mich, wann ich endlich mein wohlverdientes Nickerchen machen kann«, jammerte Anton.

»Damit wird es wohl noch eine Zeit dauern.« Ernestine bemühte sich, teilnahmsvoll zu klingen. Doch der Versuch scheiterte kläglich.

Anton sah sie vorwurfsvoll an. »Du machst dich über mich lustig.«

»Das würde ich niemals tun!« Ernestine drückte ihm einen Kuss auf die Wange. »Ich frage mich bloß, wie der

Dieb es geschafft hat, die verschlossene Tür zu öffnen. Und vor allem begreife ich nicht, warum er es getan hat. Das Bild wurde zwar gelobt, aber mehr als zweihundertfünfzig Schilling war es angeblich nicht wert. Dafür lohnt es sich doch nicht, ins Gefängnis zu gehen. Oder etwa doch?« Ernestine biss sich auf die Unterlippe. »Wahrscheinlich hängt das ganz davon ab, wie viel Schulden man hat«, überlegte sie weiter.

»Keinen Groschen würde ich für ein Bild von diesem eingebildeten Maler ausgeben«, sagte Anton.

Ernestine lachte. »Du würdest dein Geld wohl lieber in Husarenbusserl und Vanillekipferl investieren.«

»Stimmt«, pflichtete Anton ihr bei. »Das ist preisgünstiger und schmeckt besser.«

ZWÖLF

Nur unter großem Protest ließen die Gäste sich in Gruppen einteilen. Ernestine und Anton sollten sich in den Speisesaal begeben, gemeinsam mit dem Ehepaar Kruger, dem Ehepaar Popow, den Hofmeisters, den Thalhammers, Stella Lamprecht, Dimitri Iwanow, Theodor Sedlaczek, Reinhard Grottenbach, Moritz Silberstein und einer älteren Dame, die sich als Grete Hämmerle vorstellte. Sie war zuvor am Tisch mit Stella Lamprecht und den Gästen aus Deutschland gesessen. Frau Hämmerle war eigens wegen des Adventmarkts und der anschließenden Auktion ins Hotel gekommen, übernachtete aber nicht hier.

»Als ich hörte, dass Herr Popow hier ist, wollte ich unbedingt bleiben«, erklärte die Dame, die in ein schlichtes Wollkostüm gekleidet war. »Meine Enkeltochter nimmt Ballettunterricht. Sie wünscht sich nichts sehnlicher, als eines Tages an der Staatsoper aufzutreten. Herr Popow, vielleicht können Sie als Direktor der Ballettschule ein gutes Wort für sie einlegen? Sie ist äußerst talentiert.« Sie schaute zu Andrej Popow und schien den Mann förmlich anzuhimmeln.

Ernestine fand den Zeitpunkt unpassend für eine solche Frage, und die anderen Gäste schienen ihre Meinung zu teilen. Einige verdrehten die Augen. Nur Klara Kruger stieß sich nicht daran. »Unsere Tina und die kleine Lore sind au begnadete Tänzerinnen«, ließ sie alle im Raum wissen.

Herr Popow schwieg immer noch. Es war Dimitri Iwanow, der Frau Hämmerle antwortete. »Ich hoffe, Sie sind nicht ausschließlich wegen Herrn Popow geblieben, denn er wird Ihrer Enkeltochter nicht helfen können. Herr Popow wird nicht mehr lange Direktor sein.« Der Tänzer sah zu Stella Lamprecht, die die Augen niederschlug und demonstrativ den Blick von den Popows abwandte.

»So ein Unsinn!«, entgegnete Anastasia Popow. »Natürlich wird mein Mann Direktor der Schule bleiben. Er war der beste Tänzer, den Wien je gesehen hat. Niemand kann junge Talente besser fördern als er. Schließlich hat er es geschafft, sogar aus Stella Lamprecht eine Primaballerina zu machen.«

Nun hob die angesprochene Tänzerin doch den Kopf und wandte sich an Frau Popow. »Was ihm bei dir offensichtlich nicht gelungen ist. Wie fühlt es sich an, ewig in der zweiten Reihe zu stehen?«

Empört holte Frau Popow Luft und setzte zu einem Gegenschlag an, als Moritz Silberstein beschwichtigend eingriff. »So beruhigen Sie sich doch bitte. Konzentrieren wir uns auf das eigentliche Problem: Ein wertvolles Gemälde ist verschwunden. Jemand hat es entwendet. Meine Mitarbeiter suchen bereits das ganze Hotel ab. Ich hoffe sehr, dass wir es finden und diesen unangenehmen Teil des Abends rasch vergessen können.«

»Pah, wertvolles Gemälde, dass ich nicht lache«, schnaufte Anastasia Popow. »Wie kann ein Bild bemerkenswert sein, wenn die Lamprecht Modell gesessen hat?« Sie funkelte Sedlaczek so finster an, als würde sie ihn dafür hassen, dass er Stella Lamprecht und nicht sie gemalt hatte.

»Hör endlich auf«, zischte Andrej Popow. Er wollte leise sprechen, trotzdem hatte Ernestine ihn verstanden. Beleidigt presste seine Frau die Lippen zusammen.

Auch Theodor Sedlaczek schien Frau Popow gehört zu

haben. »Ich verbitte mir solche abfälligen Bemerkungen über mein Gemälde. Dieses Kunstwerk wird in die Geschichte eingehen, und Sie werden alle noch traurig sein, dass Sie es nicht ersteigern konnten.«

»Ja, des isch fei wahr«, bestätigte Klara Kruger. »Wie hättet sich meine Töchter, die, wo so gern tanze, über des Bild g'freut.«

»Gräm di ned, Klärle. Mir findet scho no was Schönes zum Kaufe.« Ihr Mann tätschelte ihre Hand. Er grinste. »Vielleicht a ganze Villa. I versprech dir, mir fahret ned mit leere Händ heim.«

»A Villa kann i mir in Stuttgart ned an d' Wand hänge.«

»Aber mir könntet unsere Mädle damit überrasche.«

Oskar Thalhammer setzte sich zu dem Industrielleneheapaar. Wer so viel Geld besaß, musste wichtig sein. »Darf ich fragen, wer Sie sind?«

Nur zu gerne gaben die Krugers Auskunft und erzählten von ihrem Unternehmen. Gierig notierte der Reporter alle Details. »Was für eine Geschichte«, murmelte er. »Dieses Wochenende hat sich gelohnt. Das kann ich jetzt schon sagen.«

Leidend rollte Moritz Silberstein die Augen. »Ich hoffe, dass Sie mein Hotel nur in den besten Tönen erwähnen.«

Severin Hofmeister lachte hinterhältig. »Dass Ihr Hotel Schaden davonträgt, ist jetzt schon klar. Wer will schon in einem Hotel übernachten, in dem gestohlen und vergiftet wird! Sie können von Glück reden, wenn man Ihnen den Laden nicht schließt. Ihre Investitionen waren allesamt umsonst.«

»Welche Investitionen?«, fragte Finnerl Thalhammer.

»Hat Herr Silberstein denn nicht erzählt, dass das gesamte Untergeschoß eine einzige Baustelle ist? Man plant ein Hallenbad. Als ob es so was am Semmering braucht. Die einzigartige Landschaft ist Grund genug, hier zu nächtigen.« Hofmeister wedelte genervt mit der Hand.

Moritz Silberstein verlor zum ersten Mal an diesem Abend die Contenance. »Ich muss Sie bitten, sich zu mäßigen. Anderenfalls werde ich Sie wegen Rufschädigung anzeigen. Wer sagt mir denn, ob nicht Sie hinter all den unglücklichen Zufällen stecken? Neid ist eine starke Motivation für Verbrechen.«

Severin Hofmeister lachte schallend. »Glauben Sie etwa, ich hätte das Gemälde unter meinem Sakko versteckt? Oder meine Frau unter ihrem Kleid?«

Nun meldete sich Anton zu Wort. Gegen sein Naturell stand er auf. »Meine Herrschaften, all die boshaften Anschuldigungen bringen uns keinen Schritt weiter. Lassen Sie uns gesittet auf die Polizei warten, die die Angelegenheit hoffentlich rasch klären kann. Dann bekommen wir alle noch unseren wohlverdienten Schlaf.«

»Schlaf?«, fragte Frau Kruger irritiert. »Wer will denn schlafe? I ganz bestimmt ned. I will a Kunschtwerk kaufe. Drum bin i doch da. Sonst hättet mir ja au im Panhans reserviere könne.«

»Was Sie nächstes Jahr hoffentlich wieder tun werden«, ergänzte Frau Hofmeister. »Diese Kunstauktion war eine Schnapsidee.«

Wieder bat Moritz Silberstein um Ruhe. Der Mann schien in der letzten Stunde um Jahre gealtert zu sein. Sein Gesicht wirkte ebenso grau wie die Schläfen und die Weste unter seinem Frack. »Es wird sich alles bald aufklären.« Seine Worte klangen wenig zuversichtlich.

Ein Page trat in den Raum und ging schnell zum Direktor. Hinter vorgehaltener Hand flüsterte er ihm etwas zu.

»Was gibt es? So sagen Sie schon!«, forderte Frau Thalhammer. Die Frau des Reporters hatte einen Fächer aus Federn aus ihrer Handtasche geholt und wedelte sich damit Luft zu. Ein paar der Steinchen auf den falschen Wimpern lösten sich, und sie musste zwinkern. »Oskar, du musst das alles festhalten.«

»Genau das mache ich gerade«, versicherte ihr Mann. Er schrieb ein Blatt nach dem anderen in seinem Notizheft voll.

»Bis auf die Zimmer unserer Gäste haben meine Mitarbeiter das ganze Hotel durchsucht und nichts gefunden«, sagte Silberstein.

»Die Zimmer von den Gäschten? Sie wollet doch ned sage, der Dieb wär einer von uns! Des Bild hätt doch keiner beim Essen wegtrage könne, des hättet mir doch g'merkt! Des isch a dumme Idee«, sagte Klara Kruger. »Keiner hat einen Schlüssel. Den habet ja bloß Sie und die, wo bei Ihne arbeite.«

»Nur die Stubenmädchen«, korrigierte der Page.

»Und auch die geben die Schlüssel zu Mittag bei mir ab«, erklärte Moritz Silberstein. »Ich habe wie immer alle Schlüssel bekommen.«

»Dann haben Sie die Bilder gestohlen?«, fragte Anastasia Popow.

»Machen Sie sich nicht lächerlich!«

»Ich möchte doch alle noch einmal daran erinnern, dass nicht nur ein Bild, sondern zwei Bilder gestohlen wurden«, meldete sich jetzt Reinhard Grottenbach zu Wort. Der Mann hatte die ganze Zeit über still in einer Ecke gesessen.

»Dein Bild ist nicht erwähnenswert«, schimpfte Sedlaczek. »Wer soll sich dafür schon interessieren?«

»Nun, ein Dieb hat es für so wertvoll gehalten, dass er oder sie es mitgenommen hat«, bemerkte Oskar Thalhammer. Offenbar fand der Reporter die Geschichte mit zwei gestohlenen Kunstwerken noch lohnenswerter.

»Das spricht nicht für den Dieb!« Sedlaczek lachte abfällig.

»Kann ich trotzdem eine Abbildung des Kunstwerks sehen?«, bat der Reporter.

»Das ist vergeudete Zeit«, meinte Sedlaczek. »Der Diebstahl meines Kunstwerks ist der eigentliche Verlust.«

Moritz Silberstein reichte dem Reporter dennoch einen der Ausstellungskataloge, die auf einem der Tische lagen.

Thalhammer nahm das Heft entgegen und suchte nach Grottenbachs Gemälde. Er lichtete es mit seiner Kamera ab. Das Blitzlicht zuckte durch den Raum und erfüllte auch die Luft hier mit Schwefel. Bald würde das ganze Hotel damit verseucht sein.

»Oh mein Gott, war das notwendig?« Erneut wurde Frau Hofmeister blass um die Nase. Sie fächerte sich mit der Hand dramatisch Luft zu. Frau Thalhammer reichte ihr hilfsbereit ihren Fächer.

»Danke, meine Liebe.«

»Unser Zimmer könnet Sie gern durchsuche«, meinte Karl Kruger großzügig. »Mir habet keine Geheimnisse. Solang nix g'klaud wird, soll mir des recht sein.«

»Die Polizei wird darüber entscheiden, wie weiter vorgegangen wird«, sagte Moritz Silberstein und fügte leise hinzu: »Ich hoffe sehr, dass die Zimmer nicht durchwühlt werden müssen. Das Ganze ist ja jetzt schon ein Desaster.«

»Also, in mein Zimmer kann man ebenfalls schauen«, sagte Dimitri Iwanow. »Außer meiner Toilettentasche und meinem Pyjama wird man nichts finden.«

»Bei uns kann auch gerne nachgesehen werden«, bot Frau Thalhammer an.

Während die Gäste weiter darüber diskutierten, ob es angebracht wäre, die Zimmer zu durchsuchen, ging Ernestine langsam durch den Raum und warf einen Blick auf die Tischnummern.

Der Tisch, an dem das Ehepaar Hofmeister gesessen hatte, hatte die Nummer 2.1. Sie schlenderte weiter und suchte nach dem Tisch 1.2. Dort hatten die Ehepaare Popow und Kruger gespeist. Ernestine zählte die Tische im Raum ab. Es waren insgesamt vierzehn.

»Warum haben die Tische nicht Nummern von eins bis vierzehn?«, fragte sie.

»Wie bitte?« Mit verständnisloser Miene wandte sich Moritz Silberstein zu ihr um.

»Es befinden sich vierzehn Tische im Speisesaal, aber die Tische sind mit 1.1 bis 1.7 und 2.1 bis 2.7 durchnummeriert. Hat das einen Grund? Ist es etwa so, dass bestimmte Kellner nur die Tische mit der Erstnummer 1 bedienen und andere die Gäste an den 2er-Tischen übernehmen?«

»Nein, alle Kellner servieren an allen Tischen«, sagte Moritz Silberstein. »Ich habe das System übernommen und nie hinterfragt. Es war schon immer so. Ich wollte mein Personal nicht mit neuen Regeln überfordern.«

»Kommt es hin und wieder zu Verwechslungen?«

»Nein, warum sollte es? Meine Mitarbeiter können Zahlen lesen.«

»Also der junge Bursche, der uns die Suppe servierte,

hat sich ständig in der Seite geirrt und die Suppe von links statt von rechts serviert«, erinnerte sich Grete Hämmerle. »Nicht dass es mich gestört hätte. Grundsätzlich ist es mir egal. Er war sehr höflich. Aber es ist mir aufgefallen.«

»Ja, an den jungen Mann kann ich mich auch erinnern«, stimmte Reinhard Grottenbach zu.

»Warum ist das plötzlich wichtig?«, wollte Moritz Silberstein wissen.

»Ich habe es schon einer Ihrer Mitarbeiterinnen erzählt«, erklärte Ernestine. »Im Herbst wurden Herr Böck und ich Zeugen eines Mordes, bei dem es beim Servieren eines Getränks zu einer Verwechslung gekommen war. Eine unschuldige Frau musste ihr Leben lassen, weil sie am Tisch mit der Nummer 6 statt an Nummer 9 saß.«

»Wollen Sie damit etwa behaupten, in meinem Hotel hätte es einen Mordversuch gegeben?«

Moritz Silberstein fuhr sich mit der Hand durchs schüttere Haar. Seine Stimme klang schrill.

»Nein, das nicht.« Ernestine schüttelte den Kopf. »Ich frage mich nur, ob nicht vielleicht versehentlich Tische verwechselt wurden. Angeblich hat einer Ihrer Kellner eine Rechenschwäche. Ich habe nie Mathematik unterrichtet, aber ich weiß, dass es Schüler gibt, die, obwohl sie intelligent sind, trotzdem Probleme beim Rechnen oder Lesen haben, weil sie sich mit dem Erkennen von Zahlen und Buchstaben schwertun.«

»So etwas gibt es?«, fragte Grete Hämmerle neugierig. »Meine Enkeltochter hat auch Probleme mit dem Rechnen.«

»Das Ballettwunderkind?«, fragte Roswitha Hofmeister boshaft.

Frau Hämmerle überhörte die Bemerkung.

»Wenn die Tische verwechselt wurden, dann würde das bedeuten, dass die vergiftete Nachspeise vielleicht mir gegolten hat.« Anastasia Popow fasste sich theatralisch an die Brust.

»Nichts war vergiftet«, wandte Moritz Silberstein ein.

»Aber wenn doch? Dann wäre das ein boshafter Angriff auf mein Leben gewesen!« Anastasia Popow verdrehte die Augen und sank mit einem gespielten Schwächeanfall in eines der Sofas am Rand des Saals.

»Eher ein Angriff auf mich«, widersprach Andrej Popow. »Schließlich haben wir die Desserts getauscht.« Er schaute zu Stella Lamprecht und Dimitri Iwanow. Beide Tänzer drehten sich demonstrativ weg.

»Des stimmt!«, rief Karl Kruger und hob die Hand wie ein Schüler, der etwas zum Unterricht beitragen wollte. »Mei Klärle und ich habet den Schokoladepudding g'nomme. Der war vorzüglich! I hab selte äbbes so Köschtliches gesse.«

»Was kann man bei Schokopudding auch falsch machen?«, raunte Severin Hofmeister.

»Ich möchte alle daran erinnern, dass die Speisen nicht vergiftet waren!«, wiederholte Moritz Silberstein.

Ernestine kehrte zu Anton zurück. Der flüsterte ihr vorwurfsvoll zu: »Warum hast du eben diese Bemerkung fallen lassen? Die Aufregung, die hier herrscht, reicht doch schon, um allen den Abend zu verderben.«

»Du hast recht«, meinte Ernestine zerknirscht. »Das eben war ein Fehler. Ich darf nicht mehr laut nachdenken. Ich werde besser aufpassen und mich zurückhalten.«

»Zumindest bei dieser illustren Gesellschaft.« Anton murmelte so leise, dass nur Ernestine ihn hören konnte.

Die Aufmerksamkeit aller richtete sich nun auf einen Servierwagen voll mit Getränken, den ein Kellner in den Saal schob. Mit lautem Klappern bugsierte der Mann den Wagen von einem Tisch zum anderen und verteilte Tee, Saft und Alkoholisches an die Gäste. Gerade als er bei Ernestine und Anton angekommen war, stürmte der Rezeptionist in den Saal. »Wir haben ein Gemälde gefunden! Es stand neben einem Wäscheschrank im ersten Stock.«

Ein Page trug einen quadratischen Bilderrahmen in den Saal. »Das ist es.« Er drehte das Bild um. Es zeigte einen röhrenden Hirsch vor einer kitschig anmutenden Bergkulisse. Das Wertvollste an dem Gemälde war wohl der vergoldete Holzrahmen.

»Wollen Sie uns häckeln?«, rief Sedlaczek entrüstet. »Wer immer für diese Scheußlichkeit verantwortlich ist, er hat den Titel Künstler nicht verdient.«

Ein Kichern schallte durch den Raum.

Beschämt winkte Silberstein seinen Mitarbeiter weg. »Das ist leider keines der Kunstwerke, die wir suchen«, raunte er. »Ich glaube, dass wir das Bild vor einem Monat aussortiert haben.«

»Ich möchte erneut darauf hinweisen, dass nur ein wertvolles Kunstwerk verschwunden ist.« Sedlaczeks Selbstverliebtheit schien mittlerweile allen auf die Nerven zu gehen. Es wurden Augen gerollt und Köpfe geschüttelt.

»Warum können wir mit der Versteigerung der anderen Werke nicht einfach fortfahren?«, fragte Anastasia Popow gelangweilt.

»Versteigert wird erst, wenn das Verbrechen aufgeklärt ist!« Ein dicker Mann mit einem Backenbart, der an den längst verstorbenen Kaiser erinnerte, betrat mit wichtiger

Miene den Saal. Er trug die Uniform eines Polizisten und sah sich mit finsterem Blick um. »Ich bin Kommissar Richard Polster, und ich leite die Ermittlungen. Solange nicht alle gestohlenen Gegenstände wiederaufgetaucht sind, verlässt niemand das Hotel.«

Protestierendes Murren erhob sich im Saal. Der Beamte ignorierte es geflissentlich und schnippte nach dem Kellner.

»Eine heiße Schokolade mit einer ordentlichen Portion Rum, bitte. Es ist saukalt draußen.«

»Na wunderbar. Ein trinkender Polizist, der sich für wichtig hält.« Anton stöhnte auf. »Der Abend wird noch endlos dauern.«

»Und spannend werden«, erwiderte Ernestine überzeugt. Bevor der Kellner den Wagen zum Kommissar schieben konnte, hielt sie den Mann zurück. »Wir hätten auch gerne zwei heiße Schokoladen.«

»Mit oder ohne Schuss?«

»Hätten Sie vielleicht Pfefferminzlikör?«, fragte Ernestine.

»In die heiße Schokolade?«

»Ja, das hilft, den Verstand zu klären, und ich denke, dass dies heute noch gefragt sein wird.« Ernestine lächelte freudig. Sie wirkte rundum zufrieden.

DREIZEHN

Selbstgefällig ließ sich der Kommissar im Speisesaal nieder und schickte alle Gäste in den Nebenraum. »Ich werde jeden Besucher einzeln befragen!« Seine Rolle gefiel ihm sichtlich.

»Des isch doch bloß zum Lache. Wie im Kaschperletheater«, echauffierte sich Karl Kruger. »Des sind zwei Gemälde, die für einen wohltätigen Zweck g'spendet worde sind. Lasset Sie mich des Ganze zahle, dann isch die Sach aus der Welt.« Schon holte er sein Portemonnaie aus der Westentasche, doch seine Frau legte ihm die Hand auf den Arm und hielt ihn zurück. »Noi, Bärli«, flüsterte sie. »Die ganze Aufregung isch doch mal was B'sonderes. Ein Abenteuer, von dem mir dahoim erzähle könnet. Stell dir vor, was des für ein Spaß wird, wenn mir beim Essen an Weihnachte von dem Dilettantismus hier erzählet.«

»Na, i brauch des ned«, brummte er.

»Es hat ein Diebstahl stattgefunden, und der muss aufgeklärt werden«, donnerte Richard Polster selbstbewusst in den Raum. »Ganz egal, wie viel oder wenig das Diebesgut wert war. Wir stehen erst wieder auf, wenn wir den Dieb gefunden haben.«

»Der Mann hält sich wohl für den Kaiser selig, bloß weil er an altmodische Bart hat«, murmelte Karl Kruger verärgert.

»Wollen Sie etwas sagen?« Finster schaute der Kommissar in Krugers Richtung.

»Alles in Ordnung«, log der Unternehmer. »Machet Sie nur weiter.«

»Ihre Tatkraft gefällt mir«, lobte Theodor Sedlaczek den Polizisten. »Schließlich ist mein Gemälde wertvoll. Es hat schon vor der Versteigerung für Aufsehen gesorgt. Gewiss hätte das Bild für mehrere Tausend Schilling den Besitzer gewechselt.«

Mehrere Gäste im Raum schienen seine Behauptung zu bezweifeln, aber niemand wagte, es laut auszusprechen. Moritz Silberstein war sichtlich mit den Nerven am Ende. Ernestine sah, wie er heimlich eine Pillendose aus seiner Sakkotasche holte, sie aufklappte und eine Tablette rasch im Mund verschwinden ließ. Dabei zitterte seine Hand. Dieser Abend entglitt ihm. Der Ruf seines Hotels war gefährdet. Alles, was er bisher an Schadensbegrenzung probiert hatte, war nach hinten losgegangen. Und auch die Polizei sorgte nicht für die erhoffte Ruhe, sondern verursachte nur noch mehr Aufregung.

Mit sensationsgierigem Gesichtsausdruck schrieb Oskar Thalhammer sein Notizheft voll und hielt jede neue Wendung der Ereignisse akribisch fest. Für ihn war der Bilderdiebstahl ein gefundenes Fressen. Wann hatte ein Provinzreporter sonst die Gelegenheit, einen so spannenden Abend zu dokumentieren?

Der dicke Kommissar verkündete, dass er mit der Vernehmung von Herrn und Frau Popow beginnen wolle.

»Sie befragen die Ehepaare gemeinsam?«, erkundigte sich Ernestine. »Ist das eine übliche Vorgehensweise?«

»Ja!« Seine Antwort ließ keine Widerrede zu. Verärgert, weil Ernestine es wagte, ihm eine Frage zu stellen, hob er sein Doppelkinn und musterte sie finster.

»Wie ist Ihr Name?«

»Ernestine Kirsch.«

»Heben Sie sich Ihre kritischen Bemerkungen für später auf. Ich werde mich auch noch mit Ihnen beschäftigen.« Seine Worte klangen wie eine Drohung, doch die prallte an Ernestine ab. Hartnäckig bohrte sie weiter.

»Haben Sie denn Erfahrung mit dem Lösen kniffliger Kriminalfälle?«

Anton warf ihr einen warnenden Blick von der Seite zu, den sie ebenso geflissentlich ignorierte wie den Ärger des Kommissars.

Der hatte inzwischen einen hochroten Kopf. »Wollen Sie etwa meine Kompetenz in Frage stellen? Passen Sie bloß auf, sonst lasse ich Sie mit einem Wagen nach Gloggnitz bringen und verhöre Sie im Wachzimmer«, drohte er.

»Womit Sie sich eine Menge Ärger einhandeln würden«, antwortete Ernestine seelenruhig. »Denn es besteht keinerlei Grund für eine solche Vorgehensweise, und es wäre zweifellos ein Akt der Willkür.«

»Ach ja? Sie halten sich wohl für besonders schlau!«

»Ich kenne bloß meine Rechte, und solange ich Sie nicht beleidige oder Sie mich mit guten Gründen für eine Verdächtige halten, können Sie mich nicht einfach festnehmen. Wir leben in einem Rechtsstaat.«

Anton neben ihr schloss die Augen. Er seufzte laut. Schon wartete er auf weitere Drohungen, doch der Kommissar funkelte Ernestine bloß böse an und zischte dann deutlich leiser: »Halten Sie einfach Ihren Mund, behindern Sie die Ermittlungen nicht und begeben Sie sich auf der Stelle in den Nebenraum.« Er winkte Ernestine weg wie ein lästiges Insekt.

Bevor sie zu einer weiteren Entgegnung ansetzen konnte, zog Anton sie sanft beiseite.

»Lass es, bitte«, verlangte er. »Ich will nur noch, dass dieser unselige Abend zu Ende geht. Je mehr Widerstand du leistest, umso länger dauert das ganze Schlamassel. Dabei hat alles so vielversprechend mit den Husarenbusserl begonnen.«

Ernestine lenkte widerwillig ein. Gemeinsam mit den anderen Gästen verließen sie den Speisesaal und gingen ins Kaffeehaus, wo man die Tische mit Adventgestecken geschmückt und erneut Weihnachtskekse serviert hatte. Mittlerweile brachte selbst Anton nichts mehr hinunter. Silbersteins Mitarbeiter gaben sich zwar große Mühe, die Gäste bei Laune zu halten, aber mit Gebäck und Getränken allein schien das nicht mehr zu gelingen.

Ernestine und Anton saßen mit Grete Hämmerle, Stella Lamprecht und Dimitri Iwanow an einem Tisch. Die alte Dame wandte sich sofort an die Tänzerin.

»Stimmt es, dass Sie jahrelang die Primaballerina im Staatsopernballett waren?«

»Ja«, entgegnete Stella Lamprecht schmallippig.

»Und Andrej Popow war Ihr Lehrer und Gönner? Was für ein großes Glück. Er hätte ja genauso gut seine jetzige Frau fördern können. Warum hat er das eigentlich nicht getan? Sie war doch auch eine talentierte Tänzerin. Oder nicht?« Die alte Dame plapperte munter drauflos, ohne zu bemerken, was für distanzlose und unverschämte Fragen sie da stellte. Ernestine konnte sehen, wie unangenehm Stella Lamprecht das Gespräch war.

»Herr Popow hat alle Tänzer und Tänzerinnen gleich gefordert«, mischte sich Dimitri Iwanow ein, um Stella Lamprecht eine Antwort zu ersparen. Ernestine fragte sich, ob es seinem russischen Akzent geschuldet war, dass er »gefordert« gesagt hatte, oder ob er es wirklich so meinte.

»Waren Sie auch ein Schüler von ihm?«

»Ja.« Iwanow verschränkte die Arme vor der Brust. Seine ablehnende Haltung war eindeutig. Doch Frau Hämmerle schien jedes Taktgefühl zu fehlen. Ernestine überlegte, ob sie den zunehmenden Ärger des Tänzers nicht bemerkte oder einfach ignorierte.

»Das Staatsopernballett verdankt diesem großen Künstler so viel«, schwärmte sie unbeirrt weiter. »Und jetzt soll er seine Stelle als Direktor der Schule verlieren. Ist das nicht schrecklich?«

Vielleicht war sie bloß einfältig, überlegte Ernestine.

»Ab ersten Jänner werde ich die Leitung übernehmen«, sagte Iwanow.

Die Überraschung hätte nicht größer sein können. War es ein Zufall, dass Iwanow diese Tatsache jetzt erst verkündete, während das Ehepaar Popow im Nebenraum war. Die Aufmerksamkeit aller war auf ihn gerichtet. Auch am Nebentisch hatte man das Gespräch mitgehört und war neugierig geworden.

»Sie werden Andrej Popows Stelle übernehmen?« Theodor Sedlaczek senkte ungläubig die Stimme. »Ich habe das bloß für ein Gerücht gehalten. Stimmt es etwa auch, dass er und seine Frau hoch verschuldet sind? Es wird seit Monaten darüber gemunkelt.«

»Ich hab vorhin g'hört, er will die Rechnung für des Wochenend ned bezahle, wegen dem, was heut Abend passiert isch«, mischte sich Klara Kruger ein.

»Vielleicht hat er selbst die Kunstwerke gestohlen«, mutmaßte Frau Hofmeister.

»Und ist nur deshalb ins Hotel gekommen?«, überlegte Sedlaczek. »Weil er mein kostbares Gemälde mitgehen lassen wollte? Was für ein hinterhältiges Vorgehen.«

»Aber es würde Sinn ergeben«, meinte Oskar Thalhammer. »Ein Kollege, der für Kunst und Gesellschaft zuständig ist, hat mir vor diesem Wochenende zugeflüstert, Herr Popow sei darüber erbost gewesen, dass ein Gemälde von Fräulein Lamprecht versteigert wird und nicht eins seiner Frau. Angeblich haben Sie auch Anastasia Popow gemalt. Dieses Bild sei ursprünglich zur Versteigerung vorgesehen gewesen. Stimmt das?« Er sah Sedlaczek neugierig an.

Augenblicklich richtete sich die gesamte Aufmerksamkeit auf den Künstler. Auch Stella Lamprecht sah ihn an.

»Das wusste ich nicht«, sagte sie.

Der Künstler schwieg einen Moment, lief dunkelrot an und gab dann mit nervöser Stimme zu: »Schon möglich, dass ich auch Frau Popow gemalt habe. Ich bin ein viel beschäftigter Künstler. Aber wenn es so war, dann hatte das Gemälde nicht die Qualität wie ›Darstellung einer Tänzerin‹. Was wäre ich für ein Mensch, würde ich ein zweitklassiges Gemälde spenden?« Er sah Grottenbach an. Auch ohne dass er etwas sagte, war klar, dass er der Meinung war, der Künstler hätte ein minderwertiges Kunstwerk abgeliefert.

»Hätte man es nicht trotzdem versteigern können?«, erkundigte sich Frau Thalhammer.

»Nein.« Sedlaczek streckte die Schultern durch.

»Herr Popow hat sich am Nachmittag heimlich mit jemandem in einem Separee getroffen«, flüsterte Roswitha Hofmeister hinter vorgehaltener Hand.

Frau Hämmerle fuhr hoch. »Woher wissen Sie das?«

»Ich habe mitbekommen, wie er ins Separee ging und zu einem der Pagen sagte, er wolle nicht gestört werden. Er wird dort wohl kaum allein gewesen sein. Ich habe mir erst nichts dabei gedacht. Mein Mann und ich sind Unternehmer, Geschäftsverhandlungen unter vier Augen sind für uns nichts Ungewöhnliches.«

»Haben Sie auch gesehen, mit wem er sich heimlich getroffen hat?«, fragte Ernestine.

»Leider nein«, gab Frau Hofmeister zu.

»Das alles führt zu nichts«, sagte Reinhard Grottenbach. »Tatsache ist, dass zwei Kunstwerke gestohlen wurden und die Polizei hoffentlich herausfinden wird, wo sich die Bilder befinden. Vielleicht kann man die Versteigerung dann ja doch noch durchführen.«

Ernestines Blick wanderte zur Wanduhr. »Ich will Ihre Hoffnungen ja nicht zerstören«, sagte sie. »Aber ich kann mir beim besten Willen nicht vorstellen, dass das nach der Befragung noch möglich sein wird.« Es war bereits kurz vor einundzwanzig Uhr.

»Also, wenn ich vom Herrn Kommissar befragt werde, dann erzähle ich ihm auch von dem Versuch, mich zu vergiften«, sagte Frau Hofmeister. »Es kann nicht sein, dass das unerwähnt bleibt. Schließlich war es ein Anschlag auf mein Leben. Ich habe mich von dem Schock immer noch nicht erholt.«

Sie fasste sich mit gespielter Schwäche an die Schläfe. Jeder konnte sehen, wie rosig ihre Gesichtsfarbe wieder war. Frau Hofmeister wirkte kräftig und wohlauf.

»Wir wissen doch gar nicht, ob es sich überhaupt um Gift gehandelt hat«, wandte Stella Lamprecht ein. »Sie sehen ja wieder ganz gesund aus.«

»Zum Glück!« Die Frau fächerte sich mit der Hand Luft zu. »Aber der Schwächeanfall war entsetzlich. Sie können sich nicht vorstellen, was für eine Todesangst ich ausgestanden habe.«

Niemand im Raum schien dem Vorfall die Wichtigkeit beizumessen, die Frau Hofmeister sich ersehnte.

Da kam Moritz Silberstein in den Raum. Seine Pille schien Wirkung zu zeigen, er wirkte nicht mehr ganz so nervös.

»Das nächste Ehepaar kann kommen.« Seine Worte klangen verlangsamt.

Andrej und Anastasia Popow hatten sich wohl auf ihr Zimmer begeben, denn sie kehrten nicht ins Kaffeehaus zurück. Nun standen Herr und Frau Kruger auf und folgten dem Hoteldirektor zum Kommissar. Ernestine sah, dass die Schritte des Hoteldirektors unsicher wirkten. Sie fragte sich, welche Art von Beruhigungsmittel er wohl zu sich genommen hatte.

VIERZEHN

Rosa und Fritzi saßen auf einem der Betten und spielten Domino. Immer wieder kippten die Steine auf der weichen Matratze um.

»Sollen wir uns lieber gegenseitig was vorlesen?«, schlug Rosa vor. »Ich habe einen neuen Band von Karl May dabei. Er heißt ›Der Schut‹.«

»Lieber nicht«, meinte Fritzi. »Ich bin nicht so gut im Lesen.«

»Dann lese halt nur ich dir vor. Das stört mich nicht.«

Die Idee gefiel Fritzi, doch er fasste sich an den Magen, der plötzlich so laut knurrte, dass das Geräusch den Raum erfüllte. »Ich hab auf einmal richtigen Hunger. Du auch?«

Rosa horchte in sich hinein. »Eine Kleinigkeit könnte ich auch wieder vertragen«, gab sie zu. Sie sah an sich hinunter. »Aber wir haben ja schon die Pyjamas an, und ich bin zu faul, um mich noch einmal anzuziehen.«

»Können wir nicht im Pyjama in die Küche schleichen?«

»Und wieder was von einem der Servierwägen stibitzen?« Rosa kicherte. Die Idee gefiel ihr, doch dann dachte sie daran, was sie Ernestine versprochen hatten.

»Besser, wir gehen zu Opa und Ernestine.«

»Aber dann müssen wir uns anziehen«, warf Fritzi ein.

»Und es wäre langweilig«, fügte Rosa hinzu. »Heimlich in die Küche schleichen ist ein Abenteuer. Das finde ich viel besser. Ernestine und Opa müssen es ja nicht erfahren. Wir dürfen uns halt nicht erwischen lassen. Das wäre echt blöd.«

Voller Überzeugung erwiderte Fritzi: »Das schaffen wir. Hauptsache, mein Magen hört auf zu knurren.«

Nun meldete sich auch Rosas Bauch. »Red nicht mehr davon«, bat sie. »Das ist ansteckend.«

»Dann lass uns losgehen.«

Rosa sprang vom Bett und schlüpfte in die Schuhe. »Sollen wir absperren und den Schlüssel mitnehmen?«

»Dein Opa hat ausdrücklich gesagt, dass wir nicht absperren sollen.«

»Und wenn sich ein Dieb ins Zimmer schleicht?« Rosa sah sich im Raum um. Ernestines Handtasche lag auf der Frisierkommode. Ob sich darin etwas Wertvolles befand? Fritzi folgte ihrem Blick. »Wir könnten die Tasche unter einer der Matratzen verstecken. Bestimmt schaut da niemand nach.«

»Das ist eine gute Idee«, befand Rosa. »Bloß zu Hause versteckt man Geld und Schmuck unter der Matratze, aber nicht im Hotel.«

Sie schoben Ernestines Handtasche unter Fritzis Matratze, drapierten die Decke kunstvoll über die Ausbuchtung und waren beide mit dem Ergebnis zufrieden.

»Und was machen wir mit Minna?« Als Rosa aufgesprungen war, hatte auch die Hündin sich erhoben und wich nun nicht von der Seite des Mädchens. Offenbar ahnte sie bereits, dass sie allein zurückgelassen werden sollte.

»Die Arme hat bestimmt auch Hunger. Sie hat noch nichts gefressen«, bemerkte Fritzi einfühlsam.

»Wir holen auch für Minna ein Würstel«, sagte Rosa. »Damit haben wir einen offiziellen Grund, warum wir das Zimmer verlassen müssen. Wir können die Arme ja nicht verhungern lassen.«

»Das ist ein guter Plan«, befand Fritzi.

Mit einem beleidigten Blick und traurig angelegten Schlappohren legte sich Minna vors Bett und ließ die Kinder nicht aus den Augen, in der Hoffnung, doch noch mitzudürfen. Aber Rosa sagte: »Wir beeilen uns und sind gleich wieder da, Minna. Bleib brav und ruhig. Wir bringen dir was Gutes zum Fressen mit.« Dann legte sie den Zeigefinger an den Mund und bekräftigte ihre Worte mit einem gezischten »Pst!«.

Fritzi öffnete die Tür, die Kinder schlüpften auf den Gang hinaus und zogen die Tür leise hinter sich zu. Sie lauschten kurz, ob Minna heulte. Doch die Hündin hielt sich an Rosas Bitte.

»Warum ist das Licht auf einmal so düster?«, fragte Fritzi.

Rosa legte den Kopf schräg. »Vielleicht ist das eine Art Nachtlicht? Damit die Gäste nicht im Stockdunkeln herumtappen müssen, aber auch nicht geblendet werden, wenn sie das Zimmer verlassen.«

»Mir wäre es lieber, wenn ich richtig was sehen würde«, beschwerte sich Fritzi. »Das Licht ist unheimlich.«

»Ich finde es so besser«, meinte Rosa. »Da entdeckt man uns nicht gleich. Und vor allem erkennt uns niemand, wenn wir doch erwischt werden.«

»Wir tun ja nichts Verbotenes«, entgegnete Fritzi.

»Noch nicht«, sagte Rosa. »Sobald wir was aus der Küche stibitzen, sind wir Diebe.«

»Das klingt gar nicht gut.« Fritzi verließ der Mut.

»Hast du nun Hunger, ja oder nein?«

Als Antwort presste Fritzi beide Hände gegen seinen Magen.

»Genau genommen sind wir vielleicht gar keine Diebe«, überlegte Rosa. »Wir holen uns ja nur das Abendessen, das wir vorhin nicht gegessen haben.«

»Auch wieder wahr.«

Auf Zehenspitzen schlichen sie zur Treppe. Ihre Schritte wurden von dem dicken Teppich geschluckt, mit dem auch die Stufen ausgelegt waren. Flink liefen sie hinunter ins Erdgeschoß. Hier war es deutlich heller. Stimmen drangen aus dem Café und dem Foyer. Die Kinder duckten sich und eilten rasch zur Küche. Rosa stellte sich auf die Zehenspitzen, um durch eines der runden Fenster zu spähen.

»Die Luft ist rein«, flüsterte sie. Vorsichtig stemmte sie die Tür auf, doch ein verräterisches Knarren ließ sie zusammenzucken. »Himmel, ist das laut!« Sie hielt die Tür fest und ließ sie ganz langsam zurückschwingen, dann betrat sie die Küche.

Fritzi folgte ihr. Es roch nach Rindssuppe, Braten und Zwiebeln. Fritzis Magen knurrte so laut, dass er erneut die Hände dagegenpresste. »Der Hunger tut schon richtig weh!«

»Bestimmt finden wir hier etwas Essbares«, sagte Rosa und sah sich um. In zwei riesigen Abwaschbecken neben den Fenstern stapelten sich schmutzige Teller und Gläser neben Pfannen und Töpfen. Andere standen auf dem Herd in der Mitte des Raums. Auf einer Anrichte neben einem Wandregal entdeckte Rosa einen Korb mit aufgeschnittenem Brot und Semmeln.

»Sieh nur!« Sie zeigte darauf.

»Und das dort müsste Butter sein.« Fritzi wies auf eine Butterdose. Sie liefen zum Brotkorb und fassten nach zwei Semmeln, als sich eine Tür neben den Fenstern öffnete.

Die hatten sie völlig übersehen. Zwei Küchenhilfen traten ein. Sie trugen graue Schürzen über einfachen Kleidern. Ihr Haar war mit ebenso grauen Tüchern nach hinten gebunden.

Blitzschnell zog Rosa Fritzi zu Boden. Auf allen vieren robbten sie zu einem Kasten, hinter dem sie sich versteckten. Aufgeregt pressten sich die Kinder auf den eisigen Fliesenboden. Sie hielten den Atem an.

»Dieser Tag hört überhaupt nicht mehr auf. Ich freu mich, wenn ich endlich nach Hause gehen darf«, sagte die eine.

»Und ich erst!«, meinte die andere. »Ich bin schon seit fünf Uhr früh auf den Beinen.« Sie gingen zum Spülbecken und ließen Wasser einlaufen.

»Ich versteh die Aufregung wegen der angeblich verdorbenen Oberscreme nicht. So einen Blödsinn hab ich schon lang nicht mehr gehört. Ich hab von der Creme genascht. Die Fanny hat sich wieder mal übertroffen. Die Creme war richtig gut, da war nix dran. Ich bin noch völlig g'sund.«

»Aber eine der Damen hat g'spieben wie ein Reiher.«

»Das kann ja alles Mögliche g'wesen sein.«

»Also, wennsd mich fragst: Ich glaub, dass da der Herr Ferdinand seine Finger im Spiel g'habt hat. Dem ist die Fanny schon lang ein Dorn im Auge. Der hält es nicht aus, wenn a Frau besser kocht als wie er. Wenn's nach ihm geht, dürfen wir nur das G'schirr abwaschen und den Boden fegen.«

»Ein aufblasener Gockl is des. Ich mag ihn ned.«

»Ich hätt auch lieber an anderen Küchenchef. Aber der Silberstein schwört auf ihn.«

»Na, der wird auch noch draufkommen, dass der Ferdinand ein Gfrast ist und immer nur an sich selber denkt.«

»Ich hab ihn am Nachmittag g'sehn, wie er mit einer Flaschen hantiert hat. Als ich ihn g'fragt hab, was er da hat, hat er mich ang'fahren und g'schimpft.«

»Na, der wird wieder piperlt habn!« Die eine Frau machte eine Geste mit Daumen und Zeigefinger hin zum Mund.

»Du meinst, der sauft heimlich?«

»Na, und wie! Was hast du denn dacht, was er mit der Flaschen g'macht hat?«

»Ich hab überlegt, ob er ins Dessert von der Fanny was reing'mischt hat, damit sie Probleme kriegt und rausg'worfen wird.«

Die Frau hielt in ihrer Bewegung inne. »Du glaubst, dass der Ferdinand so hinterfotzig ist?«

Die andere zuckte mit den Schultern. »Dem trau ich nicht über den Weg.«

»Ich glaub, dass er sauft«, beharrte die eine. »Manchmal hat der a Fahne, dass man glauben könnt, er kommt direkt vom Branntweiner.«

»Vielleicht hast recht«, stimmte die andere zu. »Auf alle Fälle tut mir der Herr Silberstein leid. Der hat sich so bemüht, und trotzdem läuft alles schief. Aber man darf halt ned glauben, dass das Leiten von so einem großen Hotel einfach ist. Und ihm fehlt die Menschenkenntnis. Der setzt auf die Falschen. Statt der Fanny mehr zuzutrauen, glaubt er, dass der Ferdinand die Gäste gut bekocht.«

»Glaub mir, der wird auch noch draufkommen«, wiederholte die andere.

»Hoffen wir's, denn eigentlich arbeit ich ganz gern hier. Der Silberstein zahlt besser als so manch andere. Auch wenn er ein Jud is.«

Rosa zuckte zusammen. Sie wusste, dass Erich, der neue Ehemann ihrer Mutter, Jude war. Schon öfter hatte sie gehört, dass so abfällig über Juden gesprochen wurde, was sie ganz und gar nicht verstand. Es war doch bloß eine Religion, über die da geschimpft wurde. Und glaubten im Grunde nicht alle an denselben lieben Gott?

Während die Frauen sich unterhielten, prasselte unablässig das Wasser ins Spülbecken. Rosa schob die Gedanken beiseite und zog Fritzi am Ärmel. Sie deutete mit dem Kinn Richtung Tür und legte den Zeigefinger an den Mund. Der Lärm des laufenden Wassers könnte ihnen helfen, unbemerkt die Küche zu verlassen. Als die beiden Frauen sich dem Geschirr widmeten, krochen die Kinder am Boden zur Tür. Ganz vorsichtig öffnete Rosa einen der Flügel. Erneut erklang das verräterische Quietschen, doch das Wasserplätschern war lauter. Wieder hielt Rosa den Flügel fest. Rasch schlüpften sie durch den schmalen Spalt und ließen die Tür langsam wieder zurückgleiten. Dann richteten sie sich auf und rannten, so schnell sie konnten, zurück zur Treppe. Doch kaum waren sie dort, vernahmen sie laute Schritte. Jemand kam die Stiegen herunter. Blitzschnell bogen die Kinder ab und hasteten den Flur entlang in die entgegengesetzte Richtung. Das Gebäude war wie ein riesiges Labyrinth. Sie erreichten eine andere, schmalere Treppe, die wohl dem Personal vorbehalten war. Hier gab es keinen roten Teppich am Boden. Ohne nachzudenken, liefen sie über knarrende Holzstufen bis ins Untergeschoß. Rosas Herz raste, und sie spürte, wie sie Seitenstechen bekam.

Der Raum weitete sich, und mit einem Mal war es eisig kalt. Ganz bestimmt wurde hier nicht geheizt. Sie befanden sich auf einer Baustelle. Eine durchgehende Glasfront bildete eine der Wände. Im Boden war ein großes rechteckiges Loch eingelassen, das zum Teil mit hellen Fliesen ausgelegt war.

»Was ist das?«, flüsterte Fritzi.

»Schaut aus wie ein Schwimmbecken.«

Rosa fasste sich an die Seite und schnappte nach Luft. Sie lehnte sich gegen eine Tür, die gegenüber der Glasfront lag, und erschrak, denn sie stolperte rücklings in einen dunklen Raum. Die Tür war bloß angelehnt gewesen.

Es schepperte metallen, etwas fiel krachend hinter ihrem Kopf auf den Boden. Rosa unterdrückte einen Schrei.

Fritzi stürzte zu ihr. »Ist alles in Ordnung?« Besorgt beugte er sich über sie. Rosa nickte tapfer. In Wahrheit hatte sie sich den Ellbogen gehörig gestoßen. Bestimmt würde er blau werden. Auch den Handrücken hatte sie sich beim Sturz bei einem Gegenstand am Boden aufgeschürft. Ihre Haut brannte.

»Wo sind wir?«, fragte sie und rappelte sich auf.

»Schaut aus wie eine Besenkammer.«

»Ohne Besen«, meinte Rosa. »Dreh das Licht an.«

»Welches Licht? Da ist keines.«

»Was ist mit dem Schalter an der Wand?«

Fritzi sah ihn, stand auf und ging zum Lichtschalter. Er drückte ihn nach unten, doch nichts tat sich. »Jemand hat die Glühbirne herausgeschraubt«, bemerkte er und kehrte zu Rosa zurück. In dem Moment näherten sich schlurfende Schritte. Es klang, als trüge die Person schwere Holzpantoffeln.

»Psst!« Fritzi zuckte zusammen und fasste nach Rosas Händen. Seine Finger waren ebenso kalt wie ihre. Die

Schritte wurden lauter. Sie klangen müde und schleppend. So als würde die Person die Füße nicht ordentlich heben. Plötzlich wurde die Tür zugestoßen, und das Scheppern eines Schlüsselbundes erklang. Fast zeitgleich wurde ein Schlüssel ins Schloss gesteckt und knarzend gedreht. Dann entfernten die Schritte sich wieder. Erst als sie völlig verklungen waren, wagte Fritzi, sich zu bewegen. Er stand auf.

»Was war das?« Vorsichtig trat er zur Tür und drückte die Klinke nach unten. »Jemand hat uns eingesperrt.«

»Das kann doch nicht sein!« Rosa stand ebenfalls auf. Ihr ganzer rechter Arm schmerzte, doch sie konnte ihn bewegen. Auch sie probierte es und rüttelte an der Tür. Kein Zweifel, man hatte sie eben eingesperrt. »Was machen wir jetzt?« Angst breitete sich in ihr aus. »Hier findet uns niemand.«

»Es wird uns nichts anderes übrig bleiben, als zu warten. Irgendwann wird man nach uns suchen.«

»Aber warum hat man uns überhaupt eingesperrt? Ob uns jemand beobachtet hat, wie wir aus der Küche geschlichen sind?«

Fritzi zuckte mit den Schultern. »Keine Ahnung«, meinte er. »Auf alle Fälle ist es hier saukalt. Wenn man uns nicht bald sucht, verkühlen wir uns.«

»Oder schlimmer, wir erfrieren.«

Genau wie in dem Raum mit dem unfertigen Schwimmbecken gab es auch hier keine Heizung. Die Temperaturen waren frostig. Rosa schlang die Arme um ihren Oberkörper, so gut es mit dem schmerzenden rechten ging.

Nach und nach gewöhnten sich ihre Augen an das Halbdunkel in der Kammer. Durch ein kleines Fenster an der Decke fiel fahles Mondlicht in den Raum. »Was ist das alles?« Fritzi drehte sich einmal um die eigene Achse und sah auf die Regale, die an den Wänden standen und bis zur Decke mit Gerümpel befüllt waren. Dosen, Schachteln und Flaschen fanden sich darin. Am Boden lagen ein Eimer und eine Schaufel aus Blech. Daran hatte Rosa sich den Handrücken aufgeschürft. Zwei Besen und ein Wischmopp standen in einer Ecke.

»Doch eine Besenkammer«, sagte Fritzi. »Die da habe ich vorhin nicht gesehen.«

»Sieh nur, da sind Gegenstände, die man nicht mehr benötigt: eine Vase, ein Aschenbecher, ein Bild.«

»Die wärmen uns leider nicht.«

»Wir hätten doch mehr anziehen sollen als bloß die Pyjamas.«

Rosas Zähne schlugen aufeinander. Sie richtete sich auf, stellte sich auf die Zehenspitzen und las, was auf den großen Kartons im obersten Regal stand.

»Kann es sein, dass das dort ›Tischtücher‹ heißt?«

Auch Fritzi reckte sich und sah hinauf. »Ja, das könnte stimmen. Sollen wir nachsehen?«

»Wie kommen wir da rauf? Es gibt hier keine Leiter.«

»Ich mache dir die Räuberleiter«, bot Fritzi an und verschränkte die Finger ineinander. Rosa setzte einen Fuß darauf, hielt sich gleichzeitig am Regal fest und streckte sich, bis sie den äußersten Rand der Kiste fassen konnte. Geschickt zog sie ihn nach vorne, dann verlor sie das Gleichgewicht. Gerade noch rechtzeitig konnte sie sich mit der unverletzten Hand festhalten, während der gesamte Karton mit einem lauten Rumpeln auf den Boden purzelte. Der Deckel sprang auf, und weißer Stoff quoll hervor.

»Na bitte«, meinte Rosa zufrieden. Sie stieg wieder von

Fritzis Händen, die er eilig gegeneinanderrieb. »Wir werden nicht erfrieren.«

»Und auch nicht verhungern«, sagte Fritzi. Er holte die zwei Semmeln aus den Taschen seiner Pyjamajacke. »Ewig schade, dass wir die Butter nicht mitgenommen haben.«

»Also, Hunger hab ich im Moment keinen mehr. Der ist mir vergangen«, meinte Rosa. Sie fasste nach einem der Leintücher und wickelte sich darin ein.

»Ich schon«, sagte Fritzi. Auch er entfaltete ein Tischtuch und setzte sich an die Tür, um das Ohr dagegenzulehnen und kein Geräusch zu verpassen. Dabei biss er von der Semmel ab.

»Sobald jemand kommt, müssen wir klopfen und rufen«, sagte er.

»Wenn jemand kommt …«, entgegnete Rosa. Zum ersten Mal klang sie ein wenig verzagt. »Bestimmt gibt es in diesem Teil des Hotels keine Gästezimmer.«

»Aber irgendwer muss regelmäßig vorbeikommen, sonst hätte er oder sie die Tür nicht abgesperrt.«

»Und wenn man uns absichtlich loswerden wollte, weil wir etwas gehört haben, was wir nicht sollten?«

Fritzi schüttelte den Kopf. »Du liest zu viele Abenteuergeschichten. Hier.« Er brach ein Stück seiner Semmel ab und reichte es Rosa. Sie nahm das Brotstück nun doch. Es beruhigte zumindest ihren Magen.

FÜNFZEHN

Auch das Ehepaar Kruger war nach dem Gespräch mit dem Polizisten nicht ins Kaffeehaus zurückgekommen, und nun standen Severin und Roswitha Hofmeister auf, um die Fragen des Kommissars zu beantworten.

Anton seufzte leidend. »Wenn das in dem Tempo weitergeht, sitzen wir nach Mitternacht immer noch hier.«

»Meinst du, wir sollten mal nach den Kindern schauen? Für die zwei wäre es höchste Zeit zum Schlafen«, überlegte Ernestine.

»Ohne Kontrolle werden sie das bestimmt nicht tun. Außerdem muss Minna gefüttert werden. Die Arme hat bestimmt schon Angst zu verhungern.« Anton hievte sich aus dem Lehnstuhl. »Ich werde mal nach ihnen sehen.«

»Eine sehr gute Idee. Ich halte hier die Stellung.«

Anton durchschaute sie, Ernestines Neugier war geweckt. »Bitte misch dich nicht in Dinge ein, die uns nichts angehen. Das sollte ein entspanntes Adventwochenende werden. Ich will dich nicht morgen von einer Polizeistation in Gloggnitz abholen müssen, weil du den Kommissar verärgert hast.«

»Keine Sorge. Ich werde einfach nur dasitzen und mich ein wenig mit den anderen Gästen unterhalten.«

»Deine Art von Unterhaltungen kenne ich. Bestimmt stellst du unangenehme Fragen.«

»Die Kinder gehören ins Bett!«, erinnerte ihn Ernestine.

Anton seufzte erneut, warnte Ernestine noch einmal und lief dann in Richtung Küche, um etwas Fressbares für Minna zu besorgen. Sobald er weg war, überlegte Ernestine, mit wem sie sich eingehender unterhalten wollte. Sie entschied sich für Oskar Thalhammer. »Arbeiten Sie schon lange als Reporter?«, fragte sie.

»Mein Traum ist es, für eine der großen Tageszeitungen in Wien zu schreiben«, gab er zu. Hatte seine Frau nicht am Nachmittag etwas Ähnliches gesagt? »Aber es ist verdammt schwer, dort unterzukommen. Man muss die richtigen Leute kennen oder mit einem wirklich spannenden Artikel die Aufmerksamkeit auf sich ziehen.«

»Diese Möglichkeit scheint sich gerade zu ergeben«, meinte Ernestine. »Dieser Abend ist ein wahrer Glücksfall für Sie.«

»In der Tat! Ich hoffe, dass ich damit in Wien endlich einen Fuß in eine der Türen bekomme.« Oskar Thalhammer grinste breit und rieb sich zufrieden die Hände. Eine Spur zu freudig, wie Ernestine fand. Hatte er etwa schon im Vorfeld gewusst, was ihn an diesem Wochenende erwartete? Auch seine Frau wirkte sehr gefasst und wenig erstaunt über die Entwicklungen. War es möglich, dass die beiden bei alldem die Finger im Spiel hatten? Zuerst bei Frau Hofmeisters Übelkeit und anschließend beim Diebstahl? War Thalhammer der Mann gewesen, der am Nachmittag an den Nachspeisen hantiert hatte? Aber wie hätte er sich den Schlüssel für den Raum mit den Kunstgegenständen beschaffen sollen?

Ernestine ließ den Blick nachdenklich über die anderen Anwesenden schweifen. Auffallend viele der Gäste schienen in irgendeiner Form vom Diebstahl zu profitieren. Das Ehepaar Hofmeister lachte sich ins Fäustchen, da es Herrn Silberstein keinen Erfolg gönnte. Frau Popow jubelte, weil das Bild ihrer Konkurrentin weg war. Sollte Herr Popow der Dieb sein, würde er das gestohlene Gemälde später verkaufen. Wenn die Gerüchte über seine Schulden stimmten, könnte er sie auf diese Weise vielleicht aus der Welt schaffen. Auch das Ehepaar Kruger könnte hinter dem Diebstahl stecken, schließlich wollten die beiden unbedingt ein Kunstwerk mit nach Deutschland nehmen.

Ernestine wandte sich wieder ihrem Gesprächspartner zu. »Ich stelle es mir nicht einfach vor, in Gloggnitz alle Zelte abzubrechen und sich in Wien eine neue Existenz aufzubauen.«

Nun antwortete ihr nicht der Reporter, sondern seine Ehefrau, die neben ihm saß. »Aber nicht doch«, sagte sie. »Ich habe von meiner Tante eine kleine Wohnung in der Leopoldstadt geerbt. Oskar und ich wollen schon seit Monaten hinziehen. Sobald sich für ihn beruflich etwas ergibt, werden wir das auch tun. Gloggnitz ist nun wirklich kein Ort für eine Frau von Welt.« Damit meinte sie offensichtlich sich selbst. Wie zur Bestätigung klimperte sie mit ihren künstlichen Wimpern.

In dem Moment ließen laute Geräusche Ernestine aufhorchen. Sie drehte sich zum Foyer, wo jemand die Stufen regelrecht heruntergerast kam. Es war Anton, gefolgt von Minna. Warum war er in solcher Eile? Sein Gesicht war blass, er wirkte völlig außer sich. Und dieses Tempo entsprach so gar nicht seinem Naturell.

»Die Kinder!«, stieß er entsetzt hervor.

»Was ist mit ihnen?«, fragte Ernestine.

»Sie sind nicht im Zimmer.«

»Aber wo können sie sein? War das Zimmer abgesperrt?«

»Nein«, sagte Anton. »Es war offen. Der Schlüssel steckte innen. Und deine Handtasche ist weg.«

»Schon wieder ein Diebstahl!«, rief Finnerl Thalhammer.

»Und eine Entführung«, fügte ihr Ehemann freudig erregt hinzu.

»Um Himmels willen, was reden Sie da?« Ernestine schnitt den beiden erbost das Wort ab. »Die Kinder werden sich einen Spaß gemacht haben. Bestimmt schleichen sie durchs Hotel, in der Hoffnung auf ein Abenteuer. Das haben sie heute Nachmittag schon gemacht.«

»Um diese Uhrzeit?« Anton tippte auf seine Armbanduhr, ohne daraufzuschauen.

»Gerade wegen der späten Stunde. Was gibt es Aufregenderes, als nachts durch ein verwinkeltes Gebäude zu schleichen, das Ähnlichkeit mit einem Märchenschloss hat? So wie ich Rosa und Fritzi einschätze, ist das genau nach ihrem Geschmack.«

»Ich bete, dass du recht hast«, meinte Anton. Ernestines vernünftige Worte hatten eine beruhigende Wirkung auf ihn.

»Wir müssen trotzdem nach ihnen suchen«, sagte Ernestine und stand auf. »Sollte ihnen vielleicht doch etwas zugestoßen sein, brauchen sie unsere Hilfe.«

»Ach du meine Güte. Daran mag ich gar nicht denken!« Sofort war das bisschen Zuversicht wieder weg. Anton fuhr sich mit der Hand über die hohe Stirn.

»Wir geben Herrn Silberstein Bescheid. Niemand kennt sich im Hotel besser aus als er. Bestimmt weiß er alle verborgenen Ecken, in denen man sich verstecken kann.«

Ernestine fasste Antons Hand, sie war eiskalt. »Alles wird gut«, beruhigte sie ihn. Dann gingen sie zur Rezeption, wo der Hoteldirektor mit einem Mitarbeiter sprach.

Oskar Thalhammer und seine Frau folgten ihnen.

»Was sagen Sie? Ihre Enkelkinder sind verschwunden?« Moritz Silbersteins Stimme überschlug sich förmlich. »Was passiert denn noch Schreckliches? Nach diesem Wochenende kann ich zusperren. Niemand wird jemals wieder in mein Hotel kommen.« Die Wirkung seines Medikaments schien wieder nachgelassen zu haben.

»So beruhigen Sie sich doch«, bat ihn Ernestine. »Helfen Sie uns lieber, die Kinder zu finden.«

Der Hoteldirektor besann sich, auch wenn es ihn sichtlich Kraft kostete, nicht hysterisch schreiend durch das Foyer zu laufen und sich das schüttere Haar zu raufen. Stattdessen rief er nach zwei Mitarbeitern.

»Ich muss der Polizei Bescheid geben«, sagte er, ging zum Speisesaal und klopfte an die Tür. Ohne auf Antwort zu warten, öffnete er.

»Was gibt's?«, fragte der Kommissar ungehalten.

»Zwei Kinder sind verschwunden. Wir werden das Hotel nach ihnen absuchen. Wollen Sie sich an der Suche beteiligen oder mit der Befragung fortfahren?«

»Kinder sind verschwunden? Was zum Kuckuck ist mit diesem Hotel los?«, schimpfte der Kommissar.

Moritz Silberstein zuckte zusammen und nahm seinen letzten Rest Mut zusammen. »Sie können gerne mit Ihren Untersuchungen fortfahren. Wir kommen auch allein zurecht.«

»Ich bin Polizist!«, entgegnete Polster großspurig. »Natürlich werde ich mich an der Hausdurchsuchung beteiligen.«

»Hausdurchsuchung?«, wiederholte Silberstein fassungslos.

Schon stand der dicke Mann mit dem kaiserlichen Backenbart im Foyer. Das Ehepaar Hofmeister folgte ihm. »Eine Entführung!«, raunte Severin Hofmeister schadenfroh in Silbersteins Richtung. »Ich sehe den Artikel über Sie schon vor mir: Im Hotel des Juden Moritz Silberstein sind die Gäste nicht sicher, sie werden bestohlen, Kinder verschwinden nachts aus den Betten, und harmlose Damen werden vergiftet.« Er lachte kehlig. »Packen Sie schon mal alles zusammen, Herr Silberstein. Ihr Hotel wird bald Geschichte sein.« Er drehte sich um. »Sie haben doch diese Gäste aus Deutschland, vielleicht erbarmen sie sich und kaufen Ihnen das Hotel ab. Sie sind ohnehin auf der Suche nach einer kleinen Villa.«

Anton fuhr Hofmeister ungehalten an. »Könnten Sie einen Augenblick mit Ihren widerwärtigen antisemitischen Bemerkungen aufhören und sich auf das konzentrieren, was im Moment wichtig ist? Nämlich meine Enkeltochter und ihr kleiner Freund.« Selten hatte Ernestine ihn so wütend erlebt.

»Schon gut, beruhigen Sie sich. Wir werden die zwei Gschrappen schon finden«, lenkte Hofmeister ein.

Dann schwärmten alle aus. Auch das Küchenpersonal beteiligte sich an der Suche. Und wie von Zauberhand waren auf einmal auch Anastasia und Andrej Popow sowie das Ehepaar Kruger wieder da. Niemand fragte, woher sie so plötzlich kamen. Wer hatte sie über die Suche informiert? Ernestine hielt sich an Antons Seite. Sie wollte etwas Aufmunterndes sagen, aber je länger sie rufend durch die Gänge eilten, ohne Antwort zu erhalten, umso nervöser wurde auch sie.

»Vielleicht sind sie nausgange?«, überlegte Frau Kruger.

»Das wäre eine Katastrophe«, sagte Anton. »Ihre Jacken

sind im Zimmer. Sie würden im Schnee erbarmungslos erfrieren.«

»Warum sollten die Kinder ohne Jacken ins Freie gehen?«, fragte Ernestine. »Sie sind ja nicht dumm.«

»Aber unvernünftig«, entgegnete Anton. »Rosa ist schnell für etwas zu begeistern. Stell dir vor, sie wollten der Schneefrau eine Karotte ins Gesicht stecken oder noch einen weiteren Schneemann bauen und uns damit überraschen.« Anton zitterte. »Ich habe versprochen, die Karotte zu besorgen.«

»Bitte mach dir jetzt keine Vorwürfe. Wann hättest du eine Karotte auftreiben sollen? Es war gar keine Zeit dafür. Und warum sollten die Kinder mitten in der Nacht zu der Schneefrau gehen?« Ernestine schüttelte den Kopf. »Nein, bestimmt schleichen sie auf Zehenspitzen durchs Hotel. Wahrscheinlich beobachten sie irgendwo eine kleine Maus oder haben sonst etwas Spannendes entdeckt.«

Ihre Worte klangen überzeugter als ihre Stimmlage. Anton konnte die Angst darin hören.

»Das Gebäude ist verwinkelt«, meinte sie. »Es wird wohl dauern, bis wir alle Ecken abgesucht haben. Gibt es denn einen geheimen Ort?«

Moritz Silberstein verneinte. »Nicht dass ich wüsste.«

»Was soll das heißen?«, fragte Oskar Thalhammer. »Kennen Sie nun Ihr Hotel, oder nicht?«

»Er kennt es offensichtlich nicht, wie wäre es sonst möglich, dass ein Bild spurlos verschwindet?« Sedlaczek mischte sich ein.

»Zwei Bilder«, verbesserte ihn Grottenbach.

»Bitte lassen Sie uns nach den Kindern suchen«, bat Anton. »Streiten können Sie später noch.«

Ernestine versuchte, sich zu konzentrieren. Wo konnten

Rosa und Fritzi hingegangen sein? »Haben Sie die Küche und die Speisekammer schon durchsucht?«

»Dort sind sie nicht«, versicherte Moritz Silberstein. »Lassen Sie uns ausschwärmen, damit alle Winkel im Hotel abgesucht werden. Meine Mitarbeiter übernehmen den Ostflügel und wir alle gemeinsam den Westflügel.«

»Ich hoffe, die Kinder sind nicht in Gefahr«, murmelte Anton. »Wenn ihnen etwas zustößt, würde ich mir das niemals verzeihen.«

Ernestine drückte seine Hand. »Mach dir keine Sorgen. Wir werden sie finden. Bestimmt!« Plötzlich fiel ihr etwas ein. »Du sagst, die Jacken der Kinder sind im Zimmer? Wir könnten Minna daran schnuppern lassen. Vielleicht findet sie Rosa und Fritzi.«

Zweifelnd senkte Anton den Blick. Die Cockerspanieldame saß vor ihm und sah ihn aus treuherzigen Augen an, während sie mit dem Schwanz wedelte. Das Würstel, das Anton ihr zuvor gegeben hatte, hatte sie mit einem Schnapp verspeist. »Sosehr ich Minna mag«, sagte er. »Ich kann mir nicht vorstellen, dass sie woandershin laufen würde als in die Küche.«

»Du tust ihr unrecht«, sagte Ernestine. »Hör nicht auf ihn, Minna. Ich weiß, dass du eine kluge Hündin bist. Hilf uns, Rosa und Fritzi zu suchen.«

So als hätte Minna sie verstanden, bellte sie einmal.

Anton verzog den Mund, er hielt nichts von dem Vorschlag. Doch die Verzweiflung und die Angst waren so groß, dass er auch noch den dünnsten Strohhalm ergriff. Rasch lief er zurück ins Zimmer und kam mit den Jacken der Kinder zurück. Er kniete sich zu Minna. »Such Rosa und Fritzi.«

Roswitha Hofmeister lachte mitleidig, und ihr Mann meinte: »Als könnte diese Flohschleuder irgendwas finden.«

Minna beschnupperte die Kleidungsstücke, bellte noch einmal, stellte dann die Ohren auf, senkte die Nase auf den Boden und lief auf die Küche zu.

»Genau wie ich befürchtet habe«, raunte Anton. »Sie hat bloß Hunger.«

»Ich glaube, der Hund sucht nach einem Würstel, aber bestimmt nicht nach Kindern«, sagte Oskar Thalhammer. Trotzdem liefen alle Minna hinterher.

Vor der Küche hielt die Hündin an und bellte erneut.

»Da drinnen sind die Kinder nicht. Wir haben die Küche schon abgesucht«, sagte Moritz Silberstein. »Verlieren wir keine weitere Zeit und bleiben wir bei meinem Vorschlag. Lassen Sie uns bei der Suche systematisch vorgehen. Wir fangen im Keller an und arbeiten uns Stock für Stock in die Obergeschoße vor. Irgendwo müssen die Kinder ja sein. Sie können nicht vom Erdboden verschluckt sein.«

»Sie wären nicht die ersten minderjährigen Entführungsopfer«, sagte Frau Hofmeister. »Bestimmt kommen bald die Lösegeldforderungen. Oder ist schon ein Brief aufgetaucht? Sollen wir nach einem Kuvert suchen?«

»Wir suchen nach den Kindern«, entgegnete Anton bestimmt. »Herrn Silbersteins Vorschlag ist sehr vernünftig. Genauso sollten wir vorgehen.«

SECHZEHN

»Mir ist so kalt!« Bibbernd klapperte Rosa mit den Zähnen. Auch Fritzi zitterte.

»Die Tischtücher helfen kaum gegen die Kälte. Meine Finger tun schon richtig weh.«

»Meine auch«, sagte Fritzi. »Was meinst du, sollen wir laut schreien, damit uns jemand hört?«

»Aber da ist ja niemand.« Rosa konnte kaum sprechen, so heftig bebten ihre Lippen.

»Lass es uns versuchen!« Fritzi stand auf und hämmerte mit den Fäusten gegen die Tür. Er erhob die Stimme und brüllte aus Leibeskräften: »Hilfe, hört uns denn niemand?«

Auch Rosa rappelte sich auf und klopfte gegen die Tür. Ihre Hände schmerzten, doch sie versuchte, das Pochen in den Fingerknöcheln zu ignorieren. »Hilfe!« Auch sie schrie jetzt.

Nichts rührte sich. Wieder brüllten und trommelten sie. Dazwischen legten sie Pausen ein und lauschten. Draußen war kein Mucks zu vernehmen. Nach einer Weile sank Rosa erschöpft auf die Knie. »Es hat keinen Sinn«, sagte sie niedergeschlagen. Auch Fritzi hörte mit dem Lärmen auf und hockte sich auf den eisigen Boden. »Ich spür meine Zehen nicht mehr«, jammerte er. »Denk bloß, wie gemütlich es jetzt im warmen Zimmer wäre.«

»Das hilft uns nicht weiter.« Rosa ließ erneut den Blick durch die winzige Rumpelkammer schweifen. »Vielleicht gibt es in den anderen Kisten weitere Tischtücher oder Bettlaken. Vorhänge wären auch fein.«

»Alles, was uns irgendwie warm halten kann.«

Beide Kinder rappelten sich wieder auf.

»Sollen wir die zwei anderen Kisten durchsuchen?«

»Was steht denn drauf?«

»Kerzen und Gläser.«

»Die helfen uns nicht weiter.«

»Wenn auch Zündhölzer drinnen sind, könnten wir die Kerzen anzünden und unsere Finger daran wärmen.«

»Das ist eine gute Idee«, befand Fritzi. »Ich mach dir noch einmal die Räuberleiter.«

Der Bub verschränkte die klammen Finger ineinander, und Rosa versuchte, sie als Steigbügel zu verwenden. Doch diesmal verließen Fritzi die Kräfte. Seine steifen Finger glitten auseinander, sobald Rosa den Fuß darauf setzte. Im nächsten Moment rutschte sie ab. Verzweifelt versuchte sie noch, mit beiden Armen ihr Gleichgewicht auszutarieren, doch ohne Erfolg. Mit einem lauten Krachen landete sie rücklings am Boden. Diesmal war es nicht der Ellbogen, sondern der Kopf, den sie sich am Regal anschlug. Rosa blieb die Luft weg, sie schnappte vergeblich danach. Reglos blieb sie am Boden liegen.

»Rosa!« Bestürzt kniete sich Fritzi neben die Freundin. »Oh mein Gott. Rosa, wach auf!« Er tätschelte ihr mit beiden Händen die eisigen Wangen. Als sie keine Antwort gab, fing er bitterlich an zu weinen.

SIEBZEHN

Anton wollte den anderen in den Keller folgen. Moritz Silberstein führte die Gruppe an. Doch Minna blieb hartnäckig stehen. Die Hündin weigerte sich, Antons Aufforderung zu folgen.

»Minna, komm her! Sonst muss ich dich zurück ins Zimmer bringen. Wir suchen nach Rosa und Fritzi.« Er klopfte auffordernd auf seinen Oberschenkel. Doch Minna tat so, als würde sie ihn nicht hören. Nervös drehte sie sich mehrmals im Kreis und kratzte dann an der Küchentür.

»Da drinnen sind Rosa und Fritzi nicht«, sagte Ernestine.

Mit einem Satz sprang Minna von der Tür weg und lief in die entgegengesetzte Richtung. Die Schnauze hielt sie dabei am Boden, ihr Schwanz wedelte heftig.

»Wo will's denn hin, des niedliche Hundle?«, fragte Frau Kruger. Sie und ihr Mann beteiligten sich besonders engagiert an der Suche.

»Vielleicht hat sie etwas gewittert?« Anton schöpfte neuen Mut. Er folgte Minna.

»Herr Böck, lassen Sie den Unsinn! Der Hund hat keine Ahnung«, sagte Moritz Silberstein entnervt, doch Anton hörte nicht auf ihn. Er lief Minna hinterher. Auch Ernestine folgte dem Hund.

»Langsam, Minna!«, rief sie.

Nun setzten sich auch die anderen Hotelgäste in Bewegung. Sogar der Kommissar schloss sich der Gruppe an. Moritz Silberstein wirkte ungehalten. »Das ist absoluter

Unfug! Wir verschwenden kostbare Zeit. Wir sollten die Suche nach einem Plan angehen.«

Niemand hörte auf ihn. Die Vorstellung, dass ein Hund die Kinder finden könnte, gefiel allen.

Über eine schmale Holztreppe gelangten sie ins Untergeschoß.

»Dieser Bereich ist für die Gäste nicht zugänglich«, sagte Moritz Silberstein. »Hier befindet sich eine Baustelle, die nicht sicher ist. Ich muss Sie alle bitten, fernzubleiben.«

»Das werde ich ganz gewiss nicht tun«, widersprach Anton. »Ich suche nach meiner Enkeltochter.«

Auch die anderen Gäste schenkten Silbersteins Warnung keine Beachtung.

Plötzlich vernahm Anton ein Geräusch.

»Ruhe!«, forderte er und hielt die Hand in die Höhe. Minna lief zu einer Tür, die gegenüber einer riesigen Glasfront lag. Die Hündin bellte laut. Nun waren eine leise Stimme und ein Klopfen zu vernehmen.

»Das ist Fritzi!«, rief Anton. Ein Stein fiel ihm vom Herzen. Er eilte zur Tür und versuchte, sie zu öffnen, jedoch ohne Erfolg. »Es ist abgesperrt!« Er drehte sich zu Moritz Silberstein.

»Natürlich ist die Tür abgesperrt. Hier hat niemand etwas verloren«, sagte der Hoteldirektor, doch er holte einen Generalschlüssel aus seiner Hosentasche und sperrte die Tür auf.

Zwei in weiße Tischtücher gehüllte Gestalten kauerten am Boden.

»Oh mein Gott. Gespenster!«, rief Frau Thalhammer entsetzt. Sie klammerte sich an ihren Mann, der ebenfalls ängstlich wirkte und einen Schritt rückwärts machte.

Grete Hämmerle stieß einen spitzen Schrei aus und sprang zur Seite. Sie stolperte und verlor das Gleichgewicht.

»Passen Sie bloß auf!« Dimitri Iwanow fasste nach ihrem Oberarm und wollte sie festhalten, doch die beiden gerieten ins Wanken und stürzten ins Schwimmbecken. Mit einem dumpfen Geräusch schlugen sie unten auf.

Anton bekam von alldem nichts mit. Erleichtert schloss er Rosa und Fritzi in die Arme. »Bin ich froh!«

»Ist alles in Ordnung mit euch?«, fragte er fürsorglich.

»Mir ist kalt!« Rosas Zähne klapperten. »Und ich hab mir den Kopf gestoßen. Er tut weh. Kurz habe ich gar nichts mehr gesehen. Alles war ganz schwarz.«

Auch Fritzi zitterte.

»Die Kinder müssen unbedingt ins Warme!«, sagte Anton, wurde aber nicht gehört, da die Aufmerksamkeit der anderen auf die beiden Menschen im leeren Schwimmbecken gerichtet war.

»Haben Sie sich verletzt?«, rief Roswitha Thalhammer in die Grube.

»Ich denke, nein.« Das war Grete Hämmerles Stimme. Dimitri Iwanow war weniger zuversichtlich.

»Ich fürchte, dass ich mir den Knöchel gebrochen oder zumindest gestaucht habe.« Seine Stimme klang fast wie die einer Frau.

»Ach du meine Güte!«, stieß Stella Lamprecht aus und zeigte vorwurfsvoll auf Andrej Popow. »Das warst du! Ich habe gesehen, wie du Dimitri einen Stoß versetzt hast.«

»Untersteh dich, so etwas zu behaupten! Das ist Verleumdung.« Anastasia Popow baute sich vor Stella Lamprecht auf und stemmte die Hände in die Hüften, um breiter auszusehen, als sie war.

»Ich habe auch gesehen, wie er ihn gestoßen hat«, sagte Reinhard Grottenbach.

»Unsinn!«, wehrte sich Andrej Popow. »Wenn ich ihn berührt habe, dann nur, um ihn vor diesem tollpatschigen Sturz zu bewahren. Wenn noch irgendwer behauptet, der Mann sei geschickt, ist er ein Narr.«

»Wie wäre es, wenn Sie mir hochhelfen würden?«, meldete sich erneut Dimitri Iwanow zu Wort. Er lag noch immer rücklings auf den eisigen Fliesen, wirkte aber selbst in dieser Haltung noch graziös und elegant.

Während Moritz Silberstein und auch Reinhard Grottenbach trotz seiner Beinprothese ins Becken kletterten, kümmerte Anton sich um Rosa.

»Wo genau tut es weh?«

»Hier.« Das Mädchen zeigte auf eine Stelle am Hinterkopf. Anton tastete sie vorsichtig ab. »Die Haut ist nicht aufgeplatzt. Ist dir schlecht? Hast du brechen müssen?«

»Nein.«

»Das ist gut«, sagte er erleichtert. »Aber bestimmt kriegst du eine ordentliche Beule. Wie ist das denn passiert? Und warum seid ihr überhaupt hier?«

Rosa setzte zu einer Erklärung an, doch dann meinte Anton: »Egal, du kannst mir später alles erzählen, jetzt bringen wir euch erst mal ins Warme.« Er half seiner Enkeltochter auf die Beine. Unterdessen wagte Ernestine einen Blick in die Kammer, trat in den düsteren Raum. Nach und nach gewöhnten ihre Augen sich an das wenige Licht. Sie sah Regale, Gerümpel und Schachteln, einige Besen und eine Schaufel sowie zusammengeknüllte Tischtücher, und dann entdeckte sie in einer Ecke etwas, das ihre Aufmerksamkeit erregte.

»Was ist das?« Noch bevor sie Anton, der mit den Kindern hinter ihr stand, antworten konnte, machte sie einen Schritt auf einen Bilderrahmen zu und hob ihn hoch. Sie drehte das Kunstwerk zu Anton.

»Ist dies das Gemälde, das verschwunden ist?«

»Zumindest sieht es genauso aus«, sagte Anton. »Sedlaczeks ›Darstellung einer Tänzerin‹.«

»Wunderbar!«, rief Klara Kruger. »Bärli, hasch des g'hört? Des Bild isch da. Des kaufe mir. Ich biet zweihundertfünfzig Schilling.«

»Und keinen Groschen mehr«, ergänzte Karl Kruger.

ACHTZEHN

Wenig später hatten alle wieder im Speisesaal Platz genommen.

Rosa und Fritzi durften neben einem der Heizkörper sitzen. Sie hatten heißen Tee und Butterbrote bekommen und waren in dicke Decken gehüllt.

Minna war mit einer extragroßen Wurst belohnt worden. Sie schien zu spüren, dass sie eine Heldin war. Bereitwillig hob sie den Kopf, sobald jemand zu ihr kam, und ließ sich gnädig streicheln. »So ein g'scheits Hundle hätt ich au gern«, sagte Klara Kruger. »Aber vermutlich wollet Sie sich ned trenne von ihr, oder? Ich tät Ihnen auch a schöne Summe zahlen. Meine Töchterle tätet sich so freue über des Tierle.«

»Auf gar keinen Fall«, sagte Anton.

»Des isch arg schad. Wenn Sie sich's anders überleget, saget Sie Bescheid, gell.« Frau Kruger zuckte mit den Schultern, als würde Anton eben das Geschäft seines Lebens ausschlagen.

Neben den Kindern hatte Dimitri Iwanow auf einem Sofa Platz genommen. Sein Bein war hochgelagert, der Knöchel mit einem Eisbeutel umwickelt. Es sah so aus, als hätte er sich nichts gebrochen. Dennoch litt er unter Schmerzen. »Es wird Wochen dauern, bis ich wieder tanzen kann«, jammerte er und fächerte sich mit gespreizten Fingern Luft zu. Zuvor hatte er sich mit einem parfümierten Taschentuch den Dreck von den Händen gewischt. Jetzt umgab ihn eine Wolke teuren Parfums.

»Tja, dann wird es wohl nichts mit dem Direktorposten. Auch wenn Sie sich schon so sicher gefühlt haben«, sagte Anastasia Popow boshaft. »Was für ein Jammer.«

Stella Lamprecht richtete sich auf. »Und ob das was wird. Um als Direktor gute Arbeit zu leisten, muss man nicht selbst unterrichten. Ihr beiden werdet euch wohl anderswo umschauen müssen. Die Ballettschule der Staatsoper wird eure Schulden nicht begleichen.«

»Wie kannst du es wagen, wir sind nicht –« Weiter kam Anastasia Popow nicht, denn Grete Hämmerle setzte sich zu ihnen. »Ich kann Ihnen gar nicht sagen, wie dankbar ich Ihnen bin, Herr Iwanow!« Sie tätschelte die Hand des Tänzers. »Ohne Ihren heldenhaften Einsatz läge ich jetzt im Krankenhaus. So aber haben Sie meinen Sturz mit Ihrem Körper abgefedert und sich selbst eine Verletzung zugezogen. Sie sind ein wahrer Held.«

Finnerl Thalhammer winkte ihren Mann zu sich. »Oskar, das musst du unbedingt festhalten! Jetzt, da es keinen Diebstahl mehr gibt, über den du schreiben kannst. Zum Glück haben wir einen tapferen Helden.«

»Natürlich gibt es noch einen Diebstahl«, korrigierte Reinhard Grottenbach. »Mein Bild ist nach wie vor verschwunden.«

Man hatte die ganze Kammer durchwühlt, aber das »Porträt eines unbekannten Mädchens« war nicht aufgetaucht. Während die Gäste die Ereignisse der letzten Stunden noch einmal Revue passieren ließen, fielen den Kindern die Augen zu.

»Ich bringe die beiden hinauf ins Zimmer«, schlug Anton vor. Da fiel ihm Ernestines Handtasche ein.

»Die haben wir unter der Matratze versteckt«, murmelte

Fritzi verschlafen. »Damit sie nicht gestohlen wird. Weil wir das Zimmer nicht abgesperrt haben.«

»Wie klug von euch«, sagte Anton, hob Rosa hoch und nahm Fritzi an die Hand. So brachte er die beiden mit unsicheren Schritten aufs Zimmer. Minna folgte ihm auf dem Fuß. Nur Ernestine blieb zurück im Speisesaal.

»Wie kann Ihr Freund die beiden auch noch loben?«, fragte Frau Hofmeister. »Die ganze Aufregung ist doch nur entstanden, weil die beiden sich heimlich aus dem Zimmer geschlichen haben.«

»Hätten die Kinder sich nicht in der Kammer versteckt, würden wir immer noch nach dem Bild suchen«, entgegnete Ernestine.

»Und mein Mann hätte eine sensationelle Geschichte. So aber hat sich alles in Wohlgefallen aufgelöst.« Finnerl Thalhammer schien ebenfalls empört.

Sobald die Kinder weg waren, gab Fanny, das Dienstmädchen, zu, dass sie die Tür zugesperrt hatte. »Ich bin von der Waschküche in die Küche gegangen. Ich musste ja das Sakko vom Herrn Grottenbach sauber machen. Und weil es draußen so kalt ist, bin ich lieber durch die Baustelle gelaufen. Als ich die offene Tür gesehen hab, hab ich sie zug'macht und abg'sperrt, damit nicht noch mehr g'stohlen wird.«

»Das war das Dümmste, was du machen konntest«, schrie Moritz Silberstein sie ungehalten an.

»Aber warum? Wenn ich nicht absperre, werd ich geschimpft, wenn ich absperre, krieg ich auch Ärger. Egal, was ich mach, es ist immer falsch.«

»Wollen Sie etwa sagen, Sie haben das Zimmer neben dem Auktionsraum nicht abgesperrt?«, fragte Theodor Sedlaczek.

»Nein, mit dem hatte ich nichts zu tun. Ich bin ein Zimmermädel, das in der Küche aushilft. Aber ich bin nicht für Kunstwerke zuständig. Dort sperrt ohnehin nur der Generalschlüssel, genau wie in den Zimmern. Die Abstellkammern haben einen anderen Schlüssel.«

»Was für ein Durcheinander. Köstlich!«, amüsierte sich Roswitha Hofmeister. »Aus der Auktion wird heute wohl nichts mehr.«

Nun bequemte sich auch der Kommissar Richard Polster zu den Gästen. Mit stolzgeschwellter Brust, als hätte er den Diebstahl persönlich aufgeklärt, betrat er den Raum. »Das Kunstwerk ist wieder da, der Fall wurde positiv abgeschlossen. Da sehen Sie mal, wie schnell ein Verbrechen aufgeklärt wird, wenn die Gendarmerie anwesend ist.«

Ernestine fragte sich, worin sein Beitrag zur Lösung des Verbrechens gelegen hatte, verkniff sich aber die böse Bemerkung. Auch sie wurde langsam müde.

»Ich hätte jetzt gerne ein ordentliches Abendessen.« Der Kommissar wandte sich an Moritz Silberstein.

»Die Küche ist schon geschl–« Weiter kam er nicht, denn der Kommissar schrie ihn verärgert an: »Wegen Ihnen bin ich spätabends hier auf den Berg gekommen. Bringen Sie mir auf der Stelle etwas zu essen. Und wenn Sie Ihr gesamtes Personal zusammentrommeln müssen, das ist mir einerlei!«

»Selbstverständlich!« Ernestine hätte sich nicht gewundert, wenn Silberstein sich auch noch ehrfürchtig verbeugt hätte. Doch es war mehr Resignation, was in seiner Körperhaltung zu lesen war. »Ich werde Ihnen einen Braten servieren lassen.« Der Hoteldirektor schnippte nach einem Kellner.

»Darf ich Sie daran erinnern, dass mein Kunstwerk immer noch nicht aufgetaucht ist?«, meldete sich Reinhard Grottenbach zu Wort.

»Lieber Herr Grottenbach, ich bin mir sicher, dass wir eine Lösung finden werden«, beeilte sich Moritz Silberstein. »Wie hoch war der Ausrufungswert?«

»Zehn Schilling.« Theodor Sedlaczek machte es sichtlich Freude, den niedrigen Betrag zu nennen.

»Das Hotel wird die Summe verdoppeln«, versprach Moritz Silberstein.

»Sehr gut, damit ist alles geregelt«, meinte der Kommissar. Sichtlich zufrieden mit dem Verlauf des Abends rieb er sich die Hände. »Das wird eine Beförderung geben.«

»Wofür?«, flüsterte Grottenbach leise.

Sofort drehte der Kommissar sich um und funkelte den Künstler finster an. »Haben Sie etwas gesagt?«

Grottenbach presste die Lippen zusammen. Dann führte Moritz Silberstein den Kommissar in ein Separee, wo er in Ruhe sein Abendessen einnehmen konnte.

Ernestine hörte, wie der Kommissar auch ein Dessert und ein Glas Wein orderte.

Oskar Thalhammer rief den beiden nach: »Herr Kommissar, würden Sie mich und meine Frau später mit nach Gloggnitz nehmen?«

»Warum das denn?« Kommissar Polster drehte sich um.

»Ich bin Reporter und würde meinen Artikel gerne noch heute Nacht in die Redaktion bringen. Dann kann man morgen früh schon von dem gelösten Kriminalfall lesen.«

Der Kommissar zögerte kurz, doch dann hellte sich sein Gesicht auf. »Ich nehme an, dass Sie meinen Namen nennen?«

»Selbstverständlich!«

»Kommen Sie in einer halben Stunde ins Foyer!«

»Sehr wohl!« Thalhammer salutierte wie beim Militär.

Silbersteins Miene erstarrte. Er winkte den Reporter zu sich und bemühte sich, möglichst leise zu sprechen. Dennoch konnte Ernestine ihn verstehen. »Auf ein Wort, Herr Thalhammer.« Der Hoteldirektor bat einen Mitarbeiter, den Kommissar zu versorgen, und zog Thalhammer in eine Ecke. Ernestine musste aufstehen und näher treten und sich außerdem genau konzentrieren, um nichts von dem zu verpassen, was Silberstein dem Journalisten zuflüsterte.

»Werden Sie mein Hotel nennen?«

»Ja, natürlich«, sagte Thalhammer.

»Ich darf doch mit Ihrer Diskretion rechnen, was die leidige Sache mit dem Dessert betrifft.« Er nannte dem Journalisten eine Geldsumme.

»Wollen Sie mich etwa bestechen?«, fragte dieser mit gespieltem Entsetzen.

Finnerl Thalhammer hatte sich ungefragt dazugesellt. »Wenn Sie den Betrag verdoppeln, sorge ich dafür, dass die Oberscreme unter den Tisch fällt.«

Silberstein nickte finster. Offenbar war er zu allem bereit, um den Schaden möglichst gering zu halten. Dann eilte er dem Kommissar hinterher.

Kaum hatte er den Raum verlassen, entspann sich zwischen den Eheleuten ein Streit. »Wie kannst du dich in meine Geschäfte einmischen? Ich bin ein Qualitätsjournalist. Denkst du, dass ich Karriere mache, wenn man herausbekommt, dass ich mich bestechen lasse?«

»Keine Sorge, dein Ruf wird nicht leiden«, beruhigte ihn Finnerl Thalhammer. Im Laufe des Abends hatte sich ihr auffälliges Make-up weitgehend aufgelöst. Ein Großteil der Glitzersteinchen war ihr von den Wimpern gefallen und zierte jetzt Tische oder das Parkett des Saals. »Du wirst einen großartigen Artikel über das Bild schreiben, das immer noch verschwunden ist.« Sie zwinkerte Reinhard Grottenbach zu.

»Das Gemälde kennt aber niemand«, entgegnete Oskar Thalhammer.

»Das von Sedlaczek hat auch niemand gekannt. Es ist bloß das Modell, das in aller Munde ist«, entgegnete die geschäftstüchtige Frau.

»Auch wieder wahr«, meinte Thalhammer. Mit neuem Interesse wandte er sich Reinhard Grottenbach zu, der mehr als erstaunt wirkte.

»Sie wollen sich mit mir unterhalten?« Der dickliche Mann zeigte auf sich selbst.

»Ja! Erzählen Sie mir alles über das gestohlene Bild!«

So als könne er immer noch nicht glauben, dass er eben zu einem Interview gebeten wurde, stand Grottenbach auf und ging zu Thalhammer.

Sedlaczek drängte sich dazu. »Also, eigentlich geht es hier um mich«, forderte er. »Sie sollten über das Bild schreiben, das wie durch ein Wunder wiederaufgetaucht ist. Das ist der Stoff, aus dem gute Geschichten gewoben sind.«

»Keine Sorge, ich werde Ihr Gemälde erwähnen«, versicherte Thalhammer. »Aber soweit ich verstanden habe, hat es bereits einen Besitzer. Sie haben es doch an das Ehepaar Kruger verkauft. Oder?«

»Nun ja«, Sedlaczek räusperte sich, »da die Auktion nicht mehr stattfinden wird, erschien es mir klug, das Angebot nicht auszuschlagen.«

»Zweihundertfünfzig Schilling. Habe ich recht?«

Sedlaczek nickte und wirkte ein wenig zerknirscht. Aus dem mehrstelligen Tausenderbetrag war nichts geworden. Und er konnte sich auch nicht mit einer wohltätigen Spende rühmen, denn das Geld ging jetzt ganz allein in seine eigene Tasche.

»Möchten Sie mir erzählen, wie es sich anfühlt, ein Bild, von dem Sie sich so viel erwartet hatten, einem deutschen Unternehmerehepaar zu verkaufen?«

Empört stieß Sedlaczek die Luft aus. »Das muss ich mir wirklich nicht bieten lassen.« Mit vorgespielter Müdigkeit gähnte er und sagte: »Ich brauche meinen Schönheitsschlaf!« Beleidigt verließ er den Saal.

Nachdem jetzt klar war, dass die Auktion ersatzlos gestrichen und die verbliebenen Kunstgegenstände morgen zum Verkauf angeboten wurden, leerte sich das Hotel. Die Besucher, die von auswärts gekommen waren, machten sich auf den Heimweg. Die Gäste im Haus zogen sich auf ihre Zimmer zurück. Auch Ernestine spürte mit einem Mal eine bleierne Müdigkeit in sich aufsteigen. Sie stand auf und ging mit schnellen Schritten zur Treppe.

NEUNZEHN

Als Ernestine am Kaffeehaus vorbeikam, entdeckte sie an der Bar eine Frau, die dort ganz allein saß. Es war Stella Lamprecht. Obwohl sie eben noch gedacht hatte, sie müsste auf der Stelle ins Bett, wischte Ernestine die Müdigkeit beiseite und entschied sich für ein letztes Schlückchen Pfefferminzlikör. Sie steuerte auf die Theke zu.

»Darf ich mich zu Ihnen setzen?«

Erstaunt hob Stella Lamprecht den Kopf. »Ja, natürlich. Bitte sehr.« Einladend wies die Tänzerin auf den Hocker neben sich.

Ein junger Kellner kam und nahm Ernestines Bestellung entgegen. »Ein Gläschen Pfefferminzlikör, bitte!«

Der Mann zog die Augenbrauen hoch. »Sie sind der erste Gast, der bei mir Pfefferminzlikör bestellt.«

»Ich liebe den Geschmack«, sagte Ernestine. »Die Frische hilft mir, klar zu denken.«

Kurz darauf stellte der Ober ihr einen eleganten Kelch aus Bleikristall auf den Tresen. Dunkelgrüne Flüssigkeit glitzerte darin.

Stella Lamprecht schmunzelte. »Wollen Sie heute wirklich noch klar denken? Ich für meinen Teil bin völlig erschöpft. Was für ein verrückter Abend.«

»Ja, die Ereignisse waren in der Tat überraschend«, stimmte Ernestine zu. »Wie gut, dass sich alles in Wohlgefallen aufgelöst hat.« Sie dachte an Dimitri Iwanow und korrigierte sich. »Ich hoffe nur, dass Herr Iwanow keinen langfristigen Schaden davonträgt.«

»Sein Knöchel wird heilen«, sagte Fräulein Lamprecht voller Überzeugung mit einem ganz leichten Zungenschlag. Ihre Pupillen waren geweitet, und die Augen glänzten. Ernestine fragte sich, wie viele Gläser Champagner sie bereits getrunken hatte. Das vor ihr war leer, und sie winkte nach dem Ober, um ein weiteres zu bestellen.

»Wird er seinen Posten als Direktor der Ballettschule wirklich antreten können?«, fragte Ernestine.

Stella Lamprecht hob ruckartig den Kopf. »Als Direktor muss er nicht tanzen, das können wir Lehrer übernehmen. Ich werde mich persönlich dafür einsetzen, dass Herr Iwanow Direktor wird. Ich tanze schon mein ganzes Leben lang. Diese Schule ist ein Teil davon.«

»Die Schule wurde 1918 gegründet. Wo wurden denn die Tänzerinnen zuvor unterrichtet?«, fragte Ernestine.

»Am Unterricht und am Ort hat sich nichts verändert«, erklärte Stella Lamprecht. »Die Schule trägt jetzt bloß einen anderen Namen und wird aus anderen Töpfen finanziert. Davor war der Kaiser der Geldgeber, jetzt ist es die Republik.«

»Ich verstehe«, sagte Ernestine. Sie nahm ein Schlückchen von ihrem Pfefferminzlikör. »Herr Popow war über viele Jahre der Direktor. Ich nehme an, dass er auch Sie unterrichtet hat.«

»Ja.« Die Antwort kam knapp und ablehnend zugleich. Ernestine spürte, dass Fräulein Lamprecht mehr zu erzählen hatte. Sie musste bloß herausfinden, wie sie ihr die Geschichte entlocken konnte.

Sie versuchte es mit der Wahrheit. »Ich muss zugeben, dass ich zunächst das Ehepaar Popow in Verdacht hatte, das Gemälde gestohlen zu haben. Herr Popow schien Geldsorgen zu haben, und seine Frau wirkte völlig außer sich, weil ein Gemälde von Ihnen und nicht von ihr zur Versteigerung angeboten wurde.«

Der Kellner stellte ein frisches Glas Champagner vor Stella Lamprecht hin. Die Tänzerin bedankte sich und nahm einen großen Schluck. Ernestine hoffte, dass die zarte Frau genug zu Abend gegessen hatte, sonst würde ihr der Alkohol noch mehr zu Kopf steigen.

Sie fuhr fort: »So schön es ist, dass das Gemälde wiedergefunden wurde, so enttäuschend ist es doch, dass wir immer noch nicht wissen, wer es dort versteckt hat und warum. Vielleicht hatten die Popows ja doch ihre Finger im Spiel.«

»Der Verkauf von Theodor Sedlaczeks Gemälde hätte nie gereicht, um Popows Schulden zu begleichen. Das Ehepaar lebt über seine Verhältnisse, und das schon seit Jahren. Ich lege meine Hand ins Feuer, dass Popow morgen seine Rechnung nicht begleichen wird.« Stella Lamprechts Antwort war unerwartet offen.

»Wegen der Absage der Versteigerung? Oder wegen der Übelkeit von Frau Hofmeister?«

»Popow findet immer einen Vorwand, um sich aus finanziellen Verpflichtungen zu winden. Am Nachmittag hat er heimlich Desserts gestohlen, weil ihm die Sachertorte im Kaffeehaus zu teuer war. Ich habe ihn damit auf sein Zimmer gehen sehen.«

Ernestine überlegte. Dann war Popow der Mann gewesen, den Rosa und Fritzi beobachtet hatten.

»Das heißt, dass Herr Popow auf den Posten als Tanzschuldirektor angewiesen ist?«, fragte Ernestine.

»Ja. Er hat sich am späten Nachmittag mit Dimitri getroffen, weil er ihn davon überzeugen wollte, ihm den Posten doch zu lassen. Natürlich hat Dimitri abgelehnt.«

»Wie hat er das versucht?«, wollte Ernestine wissen.

»Ach, das sind hässliche Geschichten.«

»Ich versichere Ihnen, in meinem Alter hat man schon so manch hässliche Geschichte gehört. Es gibt kaum etwas, was mich noch erstaunen kann.«

»Er hat versucht, ihn zu erpressen.«

Ernestine biss sich auf die Lippe. Sollte sie es wagen und ihren Verdacht aussprechen? Sie entschied sich dafür.

»Weil Herr Iwanow Männer liebt?«

Stella Lamprecht setzte ihr Glas so schwungvoll auf dem Tresen ab, dass ein Teil des kostbaren Champagners überschwappte.

Sie stotterte: »Woher wissen Sie …?«

»Es war bloß eine Vermutung«, gab Ernestine zu. »Wie gesagt, in meinem Alter hat man schon einiges erlebt und gesehen.«

Sie dachte an Iwanows graziöse, fast weibliche Bewegungen und die sanfte Stimme. An die manikürten Finger und das unglaublich teure Parfum. Lauter Klischees, doch Herr Iwanow schien ihnen zu entsprechen.

Fassungslos starrte Stella Lamprecht sie an. Sie war auf der Hut, das konnte Ernestine spüren.

»Keine Sorge«, versicherte sie. »Mir ist es völlig einerlei, wen ein Mensch liebt. Jeder soll seine Neigung so ausleben können, dass es ihn glücklich macht. Solange er damit niemanden verletzt.«

Stella Lamprechts Augen wurden feucht. Sie hielt sie noch immer auf Ernestine gerichtet, dann wandte sie den Blick ab.

»Ich hoffe, Herr Iwanow hat sich nicht erpressen lassen«, fuhr Ernestine fort.

Die Tänzerin kaute auf ihrer Unterlippe. Ernestine konnte sehen, wie sehr sie mit den Tränen kämpfte. Etwas bedrückte sie, und es war durchaus möglich, dass sich mit Hilfe des Alkohols ihre Zunge lockerte.

Geduldig wartete Ernestine. Schon glaubte sie, Fräulein Lamprecht hätte ihre Frage vergessen, als sie schließlich mit zitternder Stimme sagte: »Ich habe Dimitri versichert, dass ich alles tun werde, um Popow als Direktor zu verhindern. Selbst wenn es mich vielleicht meinen guten Ruf und die eigene Karriere kostet.«

Ernestine bemühte sich, diese Worte zu interpretieren. »Heißt das, Sie wissen etwas über Herrn Popow, was ihn in Bedrängnis bringen könnte?« Mehrere Möglichkeiten ergaben sich. Hatte Fräulein Lamprecht ein Verhältnis mit ihm? Es würde erklären, warum Anastasia Popow so ablehnend auf Stella reagierte.

»Sie sind Lehrerin«, fuhr Fräulein Lamprecht fort. »Sie wissen, wie viel Macht man da hat und wie einfach es ist, sie zu missbrauchen.«

»Als Lehrerin?«, fragte Ernestine.

»Ja.«

»Sie meinen, dass man bestimmte Schüler besser fördert, ihnen mehr Zuwendung angedeihen lässt und sie milder beurteilt, während man anderen das Leben schwer macht?«

Stella Lamprecht lachte kehlig und rau. Als sie sich wieder beruhigt hatte, war ihr Gesicht ernst. »Wir reden über eine Ballettschule«, sagte sie. »Über junge Mädchen mit perfekten Körpern, die ihren sogenannten Lehrern schutzlos ausgesetzt sind.«

Es dauerte einen Moment, bis Ernestine begriff, was die einstige Primaballerina ihr eben gestand.

»Sie sprechen von körperlichen Übergriffen?«

Stella Lamprecht nickte. »Ich rede von Garderoben, die nicht abgesperrt werden können, über regelmäßige Körperinspektionen, für die wir uns vor bestimmten Lehrern splitterfasernackt ausziehen mussten, um dann nicht nur mit Blicken, sondern auch mit Berührungen beurteilt zu werden.«

Ernestine wurde schlecht. Doch es schien noch nicht alles zu sein. Erste Tränen kullerten über Stella Lamprechts schmale Wangen und zogen nasse Spuren durch das hellrosa Rouge.

»Außerdem rede ich über ungewollte Schwangerschaften, die manche von uns zwangen, zur Engelmacherin zu gehen.«

Ernestine sog lautstark die Luft ein. Aus einem Impuls heraus legte sie ihre Hand auf die von Fräulein Lamprecht. Die Frau zog sie nicht weg. »Waren Sie eine dieser jungen Frauen?«

Langsam schüttelte die Tänzerin ihren Kopf. »Ich nicht, aber meine Freundin, Berta Tuschinsky.«

Der Name löste eine vage Erinnerung in Ernestine aus. Sie hatte den Namen schon einmal gehört.

»Berta war mit Abstand die Talentierteste und Hübscheste von uns allen«, sagte Stella Lamprecht. »Wir haben sie alle beneidet, denn es war klar, sie wird einmal auf den großen Bühnen der Welt tanzen.« Die Frau schniefte. Mit dem Rücken ihrer freien Hand wischte sie über die Nase. Die andere hielt immer noch Ernestine.

»Berta war einfach nur großartig. Sie war loyal, ehrlich

und der liebenswerteste Mensch, den ich je kennengelernt habe.« Stella Lamprecht ergriff das Champagnerglas und nahm einen großen Schluck.

»Um uns gegenseitig zu schützen, waren wir immer zu zweit in der Garderobe. Anfangs hat das auch geholfen, aber dann wurde Popow immer schamloser. Wenn ihm danach war, hat er eine von uns rausgeschickt, um sich an der anderen zu vergehen. Und glauben Sie mir, er war nicht der Einzige, der das tat. Aber er war mit Abstand der Brutalste. Auch eine Premiere hielt ihn nicht ab. Es war ihm völlig egal, wie wir Mädchen uns dann auf der Bühne fühlten.«

Unentwegt flossen die Tränen nun über Fräulein Lamprechts Gesicht. Ernestine kramte in der Tasche ihres Kleides nach einem Taschentuch. Tatsächlich fand sie eines, zum Glück unbenutzt. Sie reichte es der Tänzerin.

»Danke.« Um sich ordentlich zu schnäuzen, entzog sie Ernestine die Hand.

»Wir konnten einander nicht schützen, sosehr wir es auch versuchten. Schließlich wurde Berta schwanger. Da sie die beste Solotänzerin war, wollte Popow sie nicht verlieren. Er brachte sie zu einer Engelmacherin.« Stella Lamprechts Stimme brach. »Berta kam nie wieder zurück. Sie hat die Tortur in einem schäbigen Hinterhofzimmer nicht überlebt.«

»Das ist fürchterlich«, sagte Ernestine.

»Das Schlimmste folgte erst noch. Wir mussten so tun, als wäre nichts passiert. Einfach weitertanzen. Wir waren alle auf Popow angewiesen. Ich habe mein ganzes Leben dem Tanzen verschrieben, habe trainiert und gehungert, auf alles verzichtet, was Spaß macht, nur um eines Tages an der Spitze zu stehen. Tanzen war das, was ich konnte, und das, wofür ich brannte. Ich habe mir nie etwas anderes gewünscht. Meine Eltern hätten es mir nicht verziehen, hätte ich das Handtuch geworfen. Also habe ich weitergetanzt und versucht, alle Nebengeräusche zu ignorieren. So lange, bis Popow irgendwann keine Macht mehr über mich hatte.«

»Und jetzt wollen Sie verhindern, dass jungen Mädchen dasselbe widerfährt wie Ihnen?«, fragte Ernestine.

»Unbedingt!«, versicherte Stella Lamprecht. »Sollte Popow sich auf einen Kampf einlassen, werde ich bereit sein, ihn aufzunehmen.«

»Das wird nicht einfach werden«, wandte Ernestine vorsichtig ein. »Auch wenn wir Frauen jetzt wählen und studieren dürfen, es sind immer noch die Männer, die die Welt regieren und die Regeln vorgeben. Man wird Ihnen nicht glauben. Die Presse wird es so drehen, dass die ehrgeizigen Schülerinnen sich den Lehrern an den Hals warfen, um ihre Gunst zu erwerben, und nicht umgekehrt. Am Ende wird es Ihr Name sein, der in den Dreck gezogen wird. Popow wird sich kurz schütteln und jede Schuld von sich weisen.« Sie dachte an Anastasia Popow und fügte hinzu: »Und wenn die Frau des Direktors weiterhin zu ihrem Mann steht, was anzunehmen ist, wird auch ihre Stimme zählen.«

Stella Lamprecht verzog schmerzlich den Mund. »Ich weiß, dass meine Karriere zerstört wird, wenn ich das Schweigen breche, aber Popows glänzender Lack wird ebenfalls angekratzt werden.«

»Ich fürchte, dass der Schaden, den Sie erleiden, weitaus größer sein wird«, sagte Ernestine. »Bitte verstehen Sie mich nicht falsch. Wahrheit und Gerechtigkeit sind außerordentlich wichtig. Aber wenn die Wahrheit dazu führt, dass Opfer erneut zu Schaden kommen, dann braucht es alternative Lösungen. Zumindest so lange, bis die Gesellschaft bereit ist, die Wahrheit zu hören.«

»Das verstehe ich nicht.«

»Ich fürchte, dass die Menschen die ganze hässliche Wahrheit über Missbrauch und Gewalt noch nicht verkraften. In der Öffentlichkeit wird man die Opfer zu Tätern machen, und das führt zu noch mehr Leid.«

»Und aus diesem Grund soll man schweigen?«

Ernestines Miene verdüsterte sich. Es war ihr zutiefst zuwider, dass die Wahrheit weiter vertuscht werden sollte. Gleichzeitig sah sie vor ihrem geistigen Auge bereits die hässlichen Überschriften in den Zeitungen. Die Vorverurteilungen der jungen Frauen. Das Verdrehen der Tatsachen und das Leid, das dadurch entstehen würde.

»Wenn ich schweige, wird Popow Dimitri erpressen und erneut Direktor werden«, sagte Stella Lamprecht. »Die Spirale der Gewalt und des Missbrauchs wird sich weiterdrehen. Eine neue Generation von Schülerinnen wird Popows Willkür ausgesetzt sein.«

»Er wird auch dann Direktor werden, wenn Sie mit der Wahrheit herausrücken«, sagte Ernestine voller Überzeugung. »Ihre Erlebnisse werden ihn nicht aufhalten können. Und wenn Popow Dimitri Iwanows Geheimnis preisgibt, darf der Arme nie wieder in der Öffentlichkeit auftreten. Man wird ihn wegen Unzucht ins Gefängnis stecken, und Ihnen macht man im schlimmsten Fall den Vorwurf der Prostitution. Ihr ganzer beruflicher Erfolg wird mit einem Schlag vernichtet werden, und Sie werden in die Geschichte eingehen als die Tänzerin, die sich durch die Betten ihrer Lehrer in die erste Reihe getanzt hat. Auch wenn alles ganz anders war.«

Fräulein Lamprecht trank den Rest ihres Champagners aus. Auch Ernestine leerte ihren Pfefferminzlikör. Vergeblich wartete sie auf die belebende Wirkung der Pfefferminze. Der Tag war einfach schon zu lang gewesen und die Ereignisse zu viele. Sie brauchte dringend eine ordentliche Portion Schlaf. Wenn ihr Kopf wieder erholt und ausgeruht war, würde sie vielleicht klarer denken können.

»Was soll ich nach Ihrer Meinung tun?«, fragte Stella Lamprecht.

»Ich weiß es nicht«, gab Ernestine niedergeschlagen zu. Die Ratlosigkeit frustrierte sie. Müde stand sie auf. »Danke, dass Sie mir Ihr Vertrauen geschenkt haben«, sagte sie. »Es tut mir so leid, dass ich nicht helfen kann.«

»Schon gut«, meinte Fräulein Lamprecht. »Damit habe ich auch nicht gerechnet. Ich wünsche Ihnen trotzdem eine gute Nacht.«

ZWANZIG

Weil es gestern so ungewohnt spät geworden war, schliefen Rosa und Fritzi länger. Auch Anton rührte kein Ohrwaschel, als Minna probierte, ihn wach zu schlecken. Nur Ernestine war auf der Stelle munter, sobald sie die Augen aufmachte. Sie hatte eine unruhige Nacht hinter sich. In ihren Alpträumen hatte sie die Erzählungen von Stella Lamprecht verarbeitet. Immer wieder war sie schweißgebadet aufgewacht, den Anblick eines missbrauchten Mädchens vor Augen, das sein Leben in den Händen einer Pfuscherin verlieren musste. Es war einfach nicht gerecht, wenn Popow ungestraft davonkam, und geradezu kriminell, wenn er weiter Direktor blieb. Es war Jahre her, dass Ernestine sich so ohnmächtig gefühlt hatte, der Willkür gesellschaftlicher Regeln völlig ausgeliefert. Es gab nichts, was sie tun konnte, um Stella Lamprecht zu helfen. Und diese Tatsache machte sie rastlos und wütend.

»Gehen wir eine Runde spazieren?«, fragte sie die Hündin.

Minna antwortete mit heftigem Schwanzwedeln. Vor Freude drehte sie sich dreimal im Kreis. Ernestine legte den Finger vor die Lippen. »Psst!« So leise sie konnte, schlüpfte Ernestine in ihre Kleidung, nahm die Leine und verließ auf Zehenspitzen das Zimmer. Kaum dass sie am Gang war, begegnete sie Frau Kruger.

»Ach, wie schön, wollet Sie sich vor dem Frühschtück au de Füß vertrete?«

»Minna muss an die frische Luft«, erklärte Ernestine.

Sie wagte es nicht, der Frau zu sagen, dass sie lieber allein spazieren und in Ruhe nachdenken wollte.

Mit einer Selbstverständlichkeit, als wären die beiden seit Jahren die dicksten Freundinnen, hakte Frau Kruger sich bei Ernestine unter. Ernestine hoffte inständig, dass die Frau nicht erneut versuchte, Minna käuflich zu erwerben. Im Moment hatte Ernestine keine Nerven für derlei Unsinn.

Kaum traten sie vor die Tür des Hotels, standen sie in einer winterlich-weihnachtlichen Märchenlandschaft. Der blaue Himmel war einer grauen Wolkendecke gewichen. Dicke weiße Flocken fielen vom Himmel und schluckten jedes Geräusch. Friedlich lagen der Innenhof des Hotels und der angrenzende Wald vor ihnen. Die Luft war klar und frisch. Die Zweige der Bäume bogen sich unter der schweren Last des Schnees.

»Am liebschten tät ich die Landschaft mit nach Stuttgart nehme«, sagte Frau Kruger wehmütig und sog die saubere Luft ein. Sie wandte sich an Ernestine. »Ich beneid Sie. Wenn mir in Wien wohnet, bräuchtet mir uns bloß in die Eisenbahn setzen und wäret ratzfatz am Semmering.«

»Ja, das ist wirklich ein Luxus«, gab Ernestine zu. Wie gerne hätte sie die friedliche Stimmung allein genossen und ausschließlich das Knirschen des Schnees unter ihren Füßen gehört. Doch daraus wurde nichts, Frau Kruger zerstörte die Stille mit ihrem Dauergeplapper. »I hab geschtern Abend noch meinen Schmuck durchg'sehe und g'schaut, ob alles noch da isch. Nach der ganzen Aufregung hab ich Angscht g'habt, dass äbbr was g'stohle hat. I hab in Wien a paar teure Stückle beim Köchert erstande, der isch früher mal der Juwelier von der Kaiserin g'wese. Für mi selber und zu Weihnachten für meine Töchterle, die Tini und des Lorle.«

»Sie haben den Schmuck nicht im Zimmertresor verwahrt?«, fragte Ernestine. Das erschien ihr fahrlässig.

»Natürlich waret die Sache im Tresor«, versicherte Frau Kruger. »Aber au so en Tresor kann g'knackt werde. A zug'sperrte Tür kann en Einbrecher ned abhalte.«

Sie redete und redete. Anfangs gab Ernestine noch Kommentare ab, dann nickte sie nur noch, und am Ende schwieg sie einfach. Frau Kruger schien es gar nicht zu bemerken. Ihr Mitteilungsbedürfnis war schier unendlich. Und während sie sprach wie aufgezogen, kam Ernestine eine wundervolle Idee.

Eine ganze Stunde lang spazierten sie durch eine tief verschneite Landschaft, und als sie mit roten Wangen und gut durchbluteten Fingern endlich wieder zum Hotel zurückkehrten, hatte auch Ernestine ein paar Worte gesagt, und die hatten wie immer Hand und Fuß gehabt. Beim Betreten des Foyers zog ihnen der Duft von Kaffee, frischen Semmeln und Kipferln in die Nase. Auch der Geruch von Palatschinken und Eierspeise war dabei.

»Nix isch besser für den Appetit als a recht langer Spaziergang«, sagte Frau Kruger. »Mir sehet uns nachher im Speisesaal.« Sie nickte Ernestine verschwörerisch zu und eilte auf ihr Zimmer.

Auch Ernestine beschloss, zuerst ins Zimmer zu gehen, um ihren nassen Mantel zum Trocknen über den Heizkörper zu hängen. Rosa, Fritzi und Anton waren in der Zwischenzeit aufgestanden und wohl bereits zum Frühstück gegangen. »Sieh einer an«, sagte Ernestine zu Minna. »Die drei haben nicht auf uns gewartet.«

Minna schüttelte sich den restlichen Schnee aus dem Fell. Als sie bemerkte, dass Ernestine das Zimmer verlassen wollte, setzte sie einen treuherzigen Blick auf und legte den Kopf schräg.

»Bestimmt hast du auch Hunger«, meinte Ernestine. »Komm mit.«

Augenblicklich stand Minna bei Fuß und wich Ernestine nicht mehr von der Seite.

Sie gingen hinab in den Speisesaal, wo man mehrere Tische zu einer langen Tafel zusammengeschoben und mit weißen Tischtüchern bedeckt hatte. Dort war ein Frühstücksbüfett aufgebaut, das alle Stückchen spielte. Es gab Brot, Semmeln, Kipferl und Striezel, Butter, Honig und Marmelade, gekochte Eier und Käse aus der Region. Sogar Schinken wurde angeboten. Ernestine fand Anton und die Kinder an einem Tisch in der Ecke. Ihre Teller waren randvoll gefüllt.

Als Rosa Ernestine erblickte, winkte sie ihr zu.

»So ein gutes Frühstück hatte ich noch nie«, sagte Fritzi. »Das ist überhaupt das Beste, was ich je bekommen habe.« Der Bub strahlte von einem Ohr zum anderen. Anton sah nicht weniger zufrieden aus. Auf seinem Teller lagen zwei Kipferl neben einem Berg duftender Marillenmarmelade.

Rechts von ihnen saßen das Ehepaar Kruger und Stella Lamprecht. Dimitri Iwanow war noch in seinem Zimmer. Links hatten die Popows Platz genommen.

Ernestine gab Anton Minnas Leine und ging zum Büfett. Der Spaziergang hatte sie hungrig gemacht. Sie entschied sich für eine goldbraune Semmel. Dann stand sie unschlüssig vor den Marmeladen und konnte sich nicht entscheiden.

»Oh, da sind Sie ja, Fräulein Kirsch!« Frau Kruger kam zu ihr. »Schaun Sie, des isch die Brosch, von der ich Ihne beim Spaziergang erzählt hab. Die stammt vom Köchert am Graben. Des gute Stückle hat a paar Tausend Schilling kost. Des isch se aber au wert. Die könnt ich sogar am Opernball trage. In Stuttgart könntet meine Freundinne von so einer Qualität bloß träume.« Sie sprach so laut, dass der halbe Saal sie hören konnte. Offenbar war sie sehr stolz auf ihren kleinen Schatz.

»Die Brosche ist wirklich sehr schön«, stimmte Ernestine ihr zu. »Darf ich sie genauer ansehen?«

»Gern. Ich tu sie Ihne glei runter.«

»Das wäre fein, aber nicht jetzt. Ich habe keine Hand frei.« Ernestine wies mit dem Kinn auf den Teller und die Schüssel in ihren Händen.

»Kommet Sie doch an mein Tisch, wir sitzet ohnehin nebeneinander.« Frau Kruger griff sich ein Kipferl und kehrte zurück zu ihrem Mann.

Als Ernestine sich am Tisch niederließ, wollte Anton wissen: »Seit wann interessierst du dich für Schmuck?«

»Die Brosche stammt vom Juwelier Köchert. Er hat den Schmuck für die Kaiserin und für die Schratt, die Geliebte des Kaisers, angefertigt«, antwortete Ernestine.

»Warum schreist du so? Ich bin doch nicht taub!« Anton griff nach der Morgenausgabe der lokalen Zeitung und schlug sie auf. Gleich auf der Titelseite stand ein Artikel über die geplatzte Kunstauktion und das gestohlene Bild »Porträt eines unbekannten Mädchens«. Ein großes Foto des verschwundenen Gemäldes zierte den Beitrag. Darunter befand sich ein Interview mit Reinhard Grottenbach.

»Das ging aber schnell«, sagte Anton. Er wollte Ernestine den Artikel vorlesen, aber ihr Interesse galt dem Nebentisch. Unentwegt schaute sie zum Ehepaar Kruger.

»Wo bist du nur mit deinen Gedanken?«, fragte Anton über den Rand der Zeitung hinweg.

»Zu wenig Schlaf«, entschuldigte sich Ernestine. »Ich war gestern noch eine Zeit lang in der Bar. Ihr habt alle tief und fest geschlafen, als ich ins Zimmer kam.« Sie schenkte sich Kaffee aus einer Kanne am Tisch in ihr Häferl und rührte Milch hinein.

»Lass mich raten – Pfefferminzlikör?«

Ernestine nickte verlegen, dann sprang sie unvermittelt auf und lief eilig zur Tür. Anton sah ihr konsterniert nach.

Offenbar hatte Ernestine eine dringende Frage an Andrej Popow, der eben den Speisesaal verlassen wollte, und es entspann sich ein Gespräch. Da stieß Frau Kruger plötzlich einen hysterischen Schrei aus und stand so schnell auf, dass der Sessel dabei nach hinten kippte. Krachend fiel er zu Boden. »Äbbr hat mir die Brosch g'stohle!«

»Niemand verlässt den Raum!«, rief ihr Mann laut. »Klärle, warum hasch du die Brosch denn auf den Tisch g'legt? Des war scho arg leichtsinnig von dir. Nach allem, was in dem Hotel passiert isch.«

Umgehend wurde Moritz Silberstein von der Rezeption in den Speisesaal geholt. Er sah immer noch mitgenommen aus, seine Augen lagen in dunklen Höhlen. Und die Falten auf seiner hohen Stirn schienen sich über Nacht verdoppelt zu haben.

»Was ist denn jetzt schon wieder?«, fragte er ängstlich.

»A Brosch, die a paar Tausend Schilling wert isch, isch von dem Tisch da g'stohle worde!« Herr Kruger zeigte auf den Teller vor sich.

»Sie haben eine Brosche gefrühstückt?« Silberstein schien die Welt nicht mehr zu verstehen.

»Noi, natürlich ned, Sie Spaßvogl. Mei Frau hat den Schmuck bloß g'schwind hing'legt, und jetzt isch er weg.«

Ernestine meldete sich zu Wort. »Ich habe gesehen, wer die Brosche genommen hat!«

»Tatsächlich?« Silberstein sah sie hilfesuchend an. »Wer war es?«

»Der Mann steht direkt neben mir, Andrej Popow.«

»Was unterstehen Sie sich! Das ist eine böse Verleumdung. Ich werde gerichtlich gegen Sie vorgehen.« Der Tänzer plusterte sich empört auf. Seine Frau erhob sich von ihrem Platz und eilte ihm zu Hilfe. »Sie impertinente Person!«, beschimpfte sie Ernestine. »Nehmen Sie diesen Vorwurf sofort wieder zurück.«

»Ich kann den Diebstahl beweisen«, sagte Ernestine. »Schauen Sie in Herrn Popows rechte Sakkotasche.«

Andrej Popow machte einen Schritt rückwärts. »Niemand wird es wagen, mich anzufassen.«

»Wenn Sie nichts zu verbergen haben, dann zeigen Sie uns, was sich in Ihrer Sakkotasche befindet«, forderte Ernestine.

Das Ehepaar Kruger eilte zu ihnen, und auch Stella Lamprecht kam hinzu.

»Was willst du denn hier?«, fauchte Anastasia Popow die Primaballerina an. »Andrej hat nichts gestohlen, das ist alles lächerlich. Wir werden für dieses Wochenende Schadenersatz einklagen. So etwas Skandalöses habe ich in meinem ganzen Leben noch nicht durchgemacht.« Sie fasste sich an die Stirn und täuschte einen Schwächeanfall an. Ihr Mann griff ihr helfend unter die Schultern.

»Aufpassen!«, warnte Ernestine. »Er könnte den Inhalt seiner Sakkotasche seiner Frau übergeben.«

»Des Ganze wird mir jetzt zu dumm!«, schrie Karl Kruger zornig. Er trat einfach auf Popow zu und versuchte, ihm in die Tasche zu fassen, während dieser noch seine Frau stützte. Allerdings ließ Popow sie sofort los, um Herrn Kruger von sich zu stoßen. Anastasia Popow glitt auf den Boden und schlug nur deshalb nicht mit dem Kopf auf, weil Herr Silberstein blitzschnell reagierte und sie auffing.

Ein Gerangel entstand. Herr Kruger zerrte an Popows Sakko, der wiederum stieß den Unternehmer mit aller Kraft von sich. Schließlich gelang es Herrn Kruger doch noch, dem Balletttänzer in die Tasche zu fassen. Er zog einen funkelnden Gegenstand heraus. Die Brosche fiel klirrend auf den Boden und rollte übers Parkett. Leichtfüßig lief Stella Lamprecht dem Schmuckstück nach und hob es auf.

»Et voilà!«, rief sie und hielt das Schmuckstück triumphierend in die Höhe. An ihr waren der lange Abend und der übermäßige Konsum von Champagner spurlos vorbeigegangen, sie sah blendend aus wie immer. In diesem Augenblick wirkte sie so jugendlich und frisch wie einst auf der Bühne.

Es dauerte einen Moment, bis Herr Silberstein begriff, dass der Diebstahl bereits aufgeklärt war und der Direktor der Ballettschule ganz offensichtlich der Dieb war.

»Ich weise alles von mir!«, empörte sich Andrej Popow. »Ich habe die Brosche nie an mich genommen. Da will mir jemand einen bösen Streich spielen. Das Ganze ist eine Intrige.« Er funkelte Stella Lamprecht böse an. »Woher hätte ich überhaupt von dem Schmuckstück wissen sollen?«

Eine ältere Dame an einem der Tische neben der Tür

meldete sich zu Wort. »Alle im Saal haben gehört, wie die Dame aus Deutschland von ihrer wertvollen Brosche gesprochen hat. Der Herr hat die Möglichkeit ergriffen und sie gestohlen.«

»Das ist eine Lüge!«, schrie Popow. Sein Kopf war dunkelrot angelaufen. »Ich wäre ein völliger Narr, würde ich vor den Augen eines voll besetzten Speisesaals eine Brosche von einem Tisch stehlen.«

»Vielleicht klären wir die Angelegenheit etwas diskreter?«, schlug Moritz Silberstein vor. Er räusperte sich dezent. »Hier haben wir zu viel Publikum.«

Er wandte sich an Ernestine. »Sie können bezeugen, dass Herr Popow das Schmuckstück genommen hat?«

»Ich schwöre es!« Sie hob feierlich die rechte Hand.

»Das ist nicht wahr! Warum lügen Sie? Stecken Sie etwa mit Lamprecht und Iwanow unter einer Decke?«

Frau Popow war wieder zu sich gekommen. Sie ließ sich von Herrn Silberstein und einem Pagen aufhelfen.

»Am besten, wir gehen in mein Büro und setzen die Unterhaltung dort fort«, schlug Moritz Silberstein vor.

Bereitwillig setzten sich alle in Bewegung. Auch Stella Lamprecht ließ es sich nicht nehmen, die Gruppe zu begleiten.

Die Primaballerina beugte sich zu Ernestine und flüsterte ihr leise ins Ohr: »Sie sind großartig.«

»Danke, Sie auch«, sagte Ernestine und fügte hinzu: »Aber die eigentlichen Helden sind unsere deutschen Freunde. Ich denke, wir werden beim Heimfahren freiwillig die Kosten für den Schlitten übernehmen.«

»Wie bitte?« Stella Lamprecht schüttelte verständnislos den Kopf.

»Das erkläre ich Ihnen später. Jetzt müssen wir dafür sorgen, dass Popow es nie wieder wagen wird, Herrn Iwanow zu erpressen.«

Popow drehte sich um. »Sehen Sie nur! Die beiden tuscheln miteinander. Sie haben sich das alles ausgedacht.« Er klang hysterisch und zeigte mit weit aufgerissenen Augen auf Ernestine und die Primaballerina.

»Sie haltet besser Ihren Mund«, fuhr Karl Kruger ihn an. »Habet Sie vergesse, dass i die Brosch von meiner Frau grad aus Ihrer Tasche g'holt hab?«

Herr Silberstein hob beschwichtigend die Hände. »Leise, bitte!« Die Blicke sämtlicher Gäste waren auf die Streitenden gerichtet.

Der Hoteldirektor lief mit eiligen Schritten voran, und alle anderen folgten ihm mehr oder weniger bereitwillig.

EINUNDZWANZIG

Nach dem Frühstück befand sich Ernestine immer noch im Büro von Moritz Silberstein, weshalb Anton beschloss, Rodeln auszuborgen und mit den Kindern schon mal vorzugehen.

»Richten Sie Fräulein Kirsch bitte aus, dass wir auf der Rodelwiese hinter dem Panhans auf sie warten«, bat er den Rezeptionisten.

Zwei Stunden lang musste Anton auf der Rodelwiese ausharren, bis Ernestine endlich erschien.

»Das hat ja ewig gedauert«, sagte er vorwurfsvoll. Er musterte sie von der Seite. »Du wirkst sehr zufrieden.«

»Das bin ich auch«, bestätigte Ernestine. Sie erzählte Anton von ihrem Gespräch mit Stella Lamprecht gestern Abend.

Während sie sprach, zogen Rosa und Fritzi zwei Schlitten den Hügel hinauf. Minna sprang zwischen ihnen durch den kniehohen Schnee. Bloß der Schwanz und die wehenden Ohren waren von ihr zu sehen.

»Um Himmels willen, was für ein Scheusal«, sagte Anton. »Der Mann gehört hinter Gitter.«

»Der Meinung bin ich auch«, pflichtete Ernestine ihm bei. »Leider wird es mit dem Gefängnis nichts werden. Aber die Strafe, die er zahlen muss, ist auch so beachtlich. Karl Kruger wird keine Anzeige gegen ihn erstatten. Im Gegenzug hat Popow ihm versprechen müssen, dass er sich nicht um den Direktorenposten bewirbt und auch in Zukunft dem Staatsopernballett fernbleiben wird.«

»Hat Moritz Silberstein sich nicht über diese Bedingung gewundert?«, fragte Anton.

»Der Gute ist mit den Nerven so am Ende, dass ihm alle Vereinbarungen völlig egal zu sein scheinen. Er will nur noch, dass dieses Wochenende vorbeigeht und er keine weiteren Scherereien bekommt. Popow muss natürlich seine Rechnung begleichen. Er hat es nicht mehr gewagt, über den Preis zu verhandeln. Ich nehme an, dass er sich dafür weiter verschulden muss.«

»Sehr gut«, sagte Anton. »Wie hast du Frau Kruger zu der List überreden können?«

»Ich bin heute Morgen mit ihr durch den Wald spaziert, und sie hat die ganze Zeit über geredet. Zuerst habe ich auf Durchzug geschaltet und versucht, ihr nicht zuzuhören, doch dann hat sie ständig ihre zwei Töchter erwähnt und wie sehr sie die beiden liebt und dass sie so stolz auf sie ist. Beide nehmen Tanzunterricht. Sie hat mir erneut ein Foto gezeigt.«

»Die traurigen kleinen Tanzbären?«

»Ja, richtig. Woher weißt du davon?«

»Sie hat mir das Foto ebenfalls gezeigt«, sagte Anton. Nur zu gut war ihm das Geplapper der Dame noch in Erinnerung.

»Während sie so redete, stellte ich mir vor, wie sie sich fühlen würde, wenn einer ihrer Töchter etwas Ähnliches widerfahren würde. Vorsichtig habe ich ihr von Fräulein Lamprechts Geschichte erzählt, ohne konkrete Namen zu nennen. Frau Kruger hat sofort angebissen. Sie würde mit so einem Schuft kurzen Prozess machen, hat sie geschworen. Sie würde ihm das Handwerk legen und dafür sorgen, dass er hinter Gitter kommt.«

Anton grinste. »Und dann hast du ihr einen Vorschlag gemacht, wie sie ihr Vorhaben in die Tat umsetzen kann.«

Entschuldigend zuckte Ernestine mit den Schultern. »Eigentlich hat sie den Plan ausgeheckt. Ich muss zugeben, dass ich der Dame nicht so viel kriminelles Potenzial zugetraut hätte. Wir mussten beide einsehen, dass aus dem Gefängnis nichts werden wird. Aber auch so hat Popow keine angenehme Zukunft vor sich.«

»Frau Kruger ist eine erfolgreiche Unternehmerin. Vielleicht gehört eine gewisse Portion Skrupellosigkeit dazu, um ganz vorne mitzumischen.«

»Du warst auch ein erfolgreicher Unternehmer«, entgegnete Ernestine.

»Vielen Dank für die Blumen«, sagte Anton. »Aber das Ehepaar Kruger spielt wohl in einer anderen Liga. Ich werde dir nie eine Brosche vom Juwelier Köchert schenken können.«

Ernestine drückte ihm einen Kuss auf die Wange. »Das macht gar nichts«, sagte sie. »Ich wäre mit einem geschnitzten Jesuskindlein für unsere Krippe zu Hause voll und ganz zufrieden.«

»Hast du denn ein bestimmtes Kindlein im Kopf?«

»Ich habe gestern eines am Weihnachtsmarkt gesehen.«

»Dann lass es uns vor der Abreise mitnehmen.«

»Vielen Dank.« Antons zweite Wange bekam auch einen Kuss.

»Was mich jedoch nach wie vor ärgert, ist die Tatsache, dass wir nicht wissen, wer das eine Gemälde versteckt und das andere gestohlen hat. Ich glaube nicht, dass Popow dahintersteckt.«

Anton verzog den Mund. »Ach, lass es doch einfach gut

sein«, bat er. »Dieses Wochenende war aufregend genug. Ein Gemälde ist wiederaufgetaucht, und Reinhard Grottenbach hat zwar kein Bild verkauft, aber dafür hat er einen ganzen Artikel in der lokalen Presse bekommen. Davon hätte er vor zwei Tagen wohl nicht einmal zu träumen gewagt.«

»Hm.« Ernestine wirkte nicht überzeugt. Diese Frage würde sie noch eine Zeit lang beschäftigen, dessen war Anton sicher.

Er versuchte, sie auf andere Gedanken zu bringen. »Willst du auch einmal rodeln?«

»Unbedingt!«

Sobald Rosa und Fritzi wieder unten waren, borgten Ernestine und Anton sich einen der Schlitten aus und stapften den Hügel hinauf. Ernestine saß vorne auf der Rodel, Anton hinten.

Rosa und Fritzi gaben ihnen einen Stoß, und schon sausten die beiden den Hügel hinunter. Ernestines Wollschal flatterte im Wind, Minna lief bellend neben ihnen her.

Mit roten Wangen und strahlenden Augen kamen sie unten an. Rosa und Fritzi folgten ihnen.

»Warum seid ihr zwei so schnell?«, beschwerte sich Rosa. »Wir sind angelaufen und haben Schwung genommen, aber ihr habt uns abgehängt.«

»Wir sind schwerer, mein Schatz«, lachte Anton.

»Macht nichts«, sagte Rosa. Sie trat auf sie zu und umarmte beide stürmisch. »Ihr seid die besten Großeltern, die man sich wünschen kann.«

Ernestine sah, wie Anton eine Träne der Rührung wegwischte. Auch sie spürte ein warmes Gefühl der Dankbarkeit in sich aufsteigen. Sie selbst hatte wegen des Lehrerinnenzölibats auf eigene Kinder verzichten müssen. Jetzt von einem Mädchen wie Rosa als Großmutter bezeichnet zu werden, war ein Geschenk, das mit keinem Schmuck der Welt zu bezahlen war.

ZWEIUNDZWANZIG

Statt eines Mittagessens gab es noch einmal Braterdäpfel, Maroni und Kinderpunsch am Weihnachtsmarkt. Der Punschstandbesitzer fragte Ernestine: »Ein kleiner Schuss Rum gefällig?« Er grinste breit.

»Nein, danke, der Schuss gestern war mir eine Lehre.«

Der Mann zuckte mit den Schultern: »Ich hab's nur gut gemeint.«

Mit den dampfenden Bechern in den Händen gingen sie weiter zu den nächsten Ständen.

»Mittlerweile bin ich sicher, dass Frau Hofmeister gestern zu viel Alkohol im Punsch erwischt hat«, sagte Ernestine. »Weder die Kinder noch Andrej Popow oder sonst jemand hatte Bauchschmerzen. Die Nachspeisen waren einwandfrei.«

»Genau das habe ich immer gesagt«, meinte Anton. »Aber mir glaubt ja niemand.«

Beim nächsten Stand erwarb Anton ein geschnitztes Jesuskind für Ernestine, Rosa und Fritzi bekamen je ein Jo-Jo aus Holz, und für Heide und Erich kaufte er ein Säckchen mit Lebkuchen. Er selbst gönnte sich ein Glas Waldhonig. »Für die Buttersemmel in der Früh«, meinte er.

Zurück an der Rezeption, beglich er die Rechnung. Moritz Silberstein bedankte sich bei Ernestine für die Mithilfe am Morgen. Er verabschiedete sich überschwänglich und bat sie, nur das Beste über das Hotel zu erzählen.

»Wir werden Ihr Haus bestimmt weiterempfehlen«, versprach Ernestine. »Es war ein abwechslungsreiches Wochenende.« Mit dieser Beschreibung schien Herr Silberstein vollauf zufrieden zu sein.

Bevor sie in den Hof treten konnten, eilte ihnen Stella Lamprecht nach. »Ich wollte mich noch einmal bedanken«, sagte sie und umarmte Ernestine. Die unerwartete Herzlichkeit schien auch andere zu überraschen, einige Gäste schauten neugierig zu ihnen. »Bitte verraten Sie mir Ihre Adresse. Ich schicke Ihnen dann Karten für die Premiere des ›Nussknackers‹ in ein paar Wochen.«

»Oh, das ist wundervoll!«, freute sich Ernestine. Zum Glück war Anton schon draußen. Es würde einige Überredungskunst kosten, ihn von einem Abend in der Staatsoper zu überzeugen.

Danach ging es mit dem Pferdeschlitten wieder zurück zum Bahnhof, aber diesmal ohne das Ehepaar Kruger. Die beiden hatten beschlossen, noch ein paar Tage anzuhängen.

»Vielleicht findet mir ja doch noch ein kleines Häusle«, hatte Herr Kruger scherzhaft gesagt, aber Ernestine war sich nicht sicher, ob er es nicht doch ernst meinte. Wenn sein Klärle genug jammerte, war es durchaus möglich, dass das Ehepaar sich für einen Immobilienkauf entschied.

Pünktlich um drei standen sie wieder vor dem Denkmal von Carl Ritter von Ghega und warteten auf den Zug, der auf die Minute genau in den Bahnhof einfuhr.

Sie kletterten in einen Waggon. Gerade als die Türen sich schließen wollten, hetzte noch jemand über den Bahnsteig. Es war Fanny, das Dienstmädchen. Im letzten Moment sprang sie in den Zug.

»Na, so was! Das ist aber eine Überraschung«, sagte Anton. »Wollen Sie etwa auch nach Wien?«

»Ja«, sagte das Stubenmädchen. »Ich habe kurzerhand gekündigt.«

»Warum das denn?«, fragte Ernestine erstaunt.

»Das ist eine lange Geschichte.«

»Wir haben ausreichend Zeit. Die Fahrt nach Wien dauert zweieinhalb Stunden. Haben Sie einen Platz reserviert?«

»Nein«, sagte Fanny.

»Dann kommen Sie doch zu uns ins Abteil«, schlug Ernestine vor.

Nur zu gerne schloss Fanny sich ihnen an und nahm im Sechserabteil Platz. Rosa und Fritzi saßen wieder am Fenster. Minna lag zwischen ihnen am Boden.

Als der Zug ratternd aus der Station fuhr, stellte Fanny einen Korb auf den leeren Sitzplatz. Sie öffnete ihn und holte ein Päckchen hervor, das in eine karierte Stoffserviette gewickelt war. Der Duft nach faschierten Laibchen und Brot breitete sich aus. »Wollen Sie auch was?«, fragte sie. »Ich hab genug eingepackt.«

»Gerne!« Maroni und Braterdäpfel waren wirklich kein ausreichendes Mittagessen. Bereitwillig griffen alle zu. Auch Minna kriegte ein Stückerl vom Faschierten ab. In zwei Gläsern hatte Fanny auch noch Essiggurkerl und Senf dabei.

»Köstlich!«, schwärmte Anton mit vollem Mund.

»Das sehe ich auch so«, sagte Fanny. »Und weil ich lieber kochen tu als putzen, werde ich nach Wien gehen. Die Strafpredigt, die ich heute Morgen abbekommen habe, hat das Fass zum Überlaufen gebracht.«

»Sie wurden geschimpft?«, fragte Ernestine. »Weshalb denn?«

»Der Ferdinand hat wieder einmal gegen mich aufgehusst. Und der Herr Silberstein hat ihm geglaubt.« Fanny biss von einem knackigen Gurkerl ab. Der Saft spritzte auf ihr Kinn, sie wischte den Essig mit dem Handrücken weg.

»Was hat er ihm geglaubt?«, fragte Ernestine.

»Dass ich die Oberscreme verdorben hätt. Dabei war doch allen klar, dass die Frau Hofmeister zu viel Punsch getrunken hatte.«

»Das sehe ich auch so«, stimmte Ernestine ihr zu.

»Und dann hat der Herr Direktor geschimpft, weil ich angeblich Schuld am Verschwinden der Kinder hätt.« Sie schaute zu Rosa und Fritzi.

»Welche Schuld sollte Sie da treffen?«, wollte Anton wissen.

»Na, weil ich zugesperrt hab. Diese ganze Schlüsselgeschichte ist wirklich mühsam. Wir sollen immer alles absperren, und dann haben wir keine Schlüssel dazu.«

»Aber Sie hatten doch einen«, sagte Anton.

»Ja, eh. Aber nur für die Abstellkammern, und deshalb hab ich eben zugesperrt.«

»Dann war ja alles gut. Oder?«

»Ich hab im Sommer schon einmal Probleme bekommen.«

»Weshalb?«, wollte Ernestine wissen.

»Es gibt den Generalschlüssel, der sperrt alle Schlösser im Haus, auch die Gästezimmer und die heikleren Räume wie den Speisesaal und den Raum daneben. Den müssen die Zimmermädchen immer beim Herrn Silberstein abgeben, wenn sie mit den Zimmern fertig sind. Und dann gibt es noch den Schlüssel fürs Personal, das nicht in die Zimmer muss. Der ist für alle unwichtigen Räume. Die

Wäschekammer, die Waschküche und so weiter. So einen hat jeder im Haus. Ich auch.«

Ernestine und Anton warteten auf weitere Erklärungen.

»Im Sommer hab ich den für die Zimmer für kurze Zeit verloren. Da hätt es beinahe eine Mordsschererei gegeben.«

»Ihr Schlüssel ist im Sommer abhandengekommen?« Neugierig beugte sich Ernestine nach vorne.

»Ja, er war für ein paar Stunden weg. Ich hab niemandem was davon erzählt, weil er zu Mittag wieder da war. Aber die Angst, die ich g'habt hat, war schon groß, das kann ich Ihnen sagen. Stellen Sie sich vor, was da alles passieren hätt können.«

»Wissen Sie, wer den Schlüssel im Sommer entlehnt hat?«, fragte Ernestine.

»Ich hab keine Ahnung.« Fanny schüttelte den Kopf. »Hinterher war ich mir auch nicht mehr sicher, ob ich es mir nur eingebildet hab. Aber inzwischen bin ich mir wieder völlig sicher. Der Schlüssel war für ein paar Stunden weg. Ich schwör's.« Sie hob die rechte Hand.

»Können Sie sich daran erinnern, wer damals zu Gast im Hotel war?«, wollte Ernestine wissen.

»Oh mein Gott, nein. Jede Woche sind andere Leut im Hotel. Wenn ich mir die alle merken würde, wär mein Kopf so groß.« Sie formte mit ihren Händen einen riesigen Ballon rund um ihren Kopf.

»Wie hat Herr Silberstein auf Ihre Kündigung reagiert?«, wollte Anton wissen.

Fanny zuckte mit den Schultern. »Ich glaub, dass es ihm völlig egal ist, ob ich da bin oder gehe. Der muss die Ereignisse vom Wochenende erst verdauen. Aber ich hoffe, dass es ihm bald leidtun wird.«

»Würden Sie zurückgehen? Wenn er Sie darum bittet?«

Sie überlegte. »Ich glaub nicht, dass er das macht.«

»Warum denn nicht? Sie sind eine zuverlässige Arbeitskraft, und Herr Silberstein war an diesem Wochenende sichtlich überfordert. Wenn er wieder klar denken kann, tut es ihm vielleicht leid, dass er Sie hat gehen lassen. Oder war er ein so schlechter Arbeitgeber?«, fragte Ernestine.

Fanny zögerte kurz. »Eigentlich war er eh in Ordnung. Vielleicht würde ich wieder zurückgehen. Bloß der Ferdinand war anstrengend. Aber ich will gar nicht in einem Hotel arbeiten. Ich wollt immer eine Lehrerin werden oder eine Krankenschwester für kleine Kinder. Jetzt geh ich in die Stadt und such mir Arbeit. Und dann probier ich, meinen Schulabschluss nachzuholen. Angeblich geht das in Wien. Die Sozialisten helfen einem dabei.«

»Da sind Sie bei mir genau an der richtigen Adresse«, sagte Ernestine. »Ich helfe ehrenamtlich in einer Arbeiterbibliothek in Margareten aus. Dort kann man kostenlos Bücher entlehnen und an Fortbildungskursen teilnehmen.«

»Wirklich?« Fannys Augen weiteten sich.

»Soll ich Ihnen die Adresse aufschreiben?«

»Ja, bitte!«

Fanny langte in ihre Manteltasche und holte mehrere Zettel hervor. Sie reichte sie Ernestine.

»Ich hab nur die da, schauen Sie mal, ob ein Papierdel dabei ist, auf das man was schreiben kann.«

Ernestine drehte den ersten Zettel um. Es war eine alte Rechnung.

»Die waren alle im Sakko von Herrn Grottenbach«, sagte Fanny. »Ich hab die Taschen entleeren müssen, wie ich das Sakko gewaschen hab, und weil es in der Waschküche so eisig kalt war, hab ich meinen Mantel angehabt. Werfen Sie das Zeug einfach weg.«

Ernestine sah zum Papierkorb im Abteil. Er war heillos überfüllt. »Ach was, ich werfe sie zu Hause weg«, sagte sie und steckte die Zettel in die Tasche ihrer Weste. Einen behielt sie und schrieb die Adresse der Bücherei darauf. Sie reichte ihn zurück an Fanny.

»Vielen Dank.« Sie nahm ihn entgegen, als handelte es sich um einen wertvollen Schatz.

»Wissen Sie schon, wo Sie wohnen werden?«, fragte Anton.

»Ich hab eine Freundin, die hat mich schon mehrmals eingeladen. Sie wird sich freuen, wenn ich komme. Und dann melde ich mich für eine Gemeindewohnung an. Angeblich bauen die Sozialisten überall in der Stadt riesige Bauten mit modernen Wohnungen. Dort gibt es Waschküchen und Badehäuser, Kindergärten und Kaffeehäuser. Jede Wohnung hat eine eigene Toilette und fließendes Wasser.«

Ernestine stimmte Fanny zu. Sie überlegte, ob sie dem Dienstmädchen sagen sollte, dass die Wohnungen vor allem für junge Familien mit maximal zwei Kindern gedacht waren. Als alleinstehende junge Frau hatte man keine Chance, eine der begehrten Wohnungen zu ergattern. Sie entschied sich für eine weitere Frage. »Und was werden Sie arbeiten?«

»Da wird sich schon was finden«, war Fanny überzeugt. »Kochen kann man auch in feinen Wiener Haushalten, in Kaffeehäusern oder Restaurants.«

Auch in dieser Hinsicht wollte Ernestine den Enthusiasmus der jungen Frau nicht dämpfen. Gut bezahlte Stellen waren in Wien rar, und wenn es sie gab, wurden sie von Männern besetzt.

»Aber wie gesagt, eigentlich will ich meine Ausbildung nachholen«, fügte Fanny hinzu.

Nun bestärkte Ernestine sie. »Das ist ein hervorragender Plan!«

Der Rest der Fahrt verflog im Nu, und als sie in Wien in den Bahnhof einfuhren, waren alle erstaunt, wie schnell zweieinhalb Stunden vergehen konnten.

Sie verabschiedeten sich herzlich von Fanny, und Ernestine wiederholte ihr Angebot mit der Bücherei. »Haben Sie keine Scheu und melden Sie sich!«

»Das werde ich machen«, versprach Fanny. Sie zwinkerte Anton zu. »Wenn ich vorbeischaue, bringe ich eine Dose Husarenbusserl für die ganze Familie mit.«

»Dann kommen Sie bitte sehr schnell«, bat Anton.

DREIUNDZWANZIG

Nachdem Fritzi zu Hause abgeliefert war, kehrten die Kurzurlauber zurück in die Kirchengasse, wo sie bereits erwartet wurden.

»Wie war das Wochenende?«, fragte Heide. Sie sah deutlich erholter aus. Die zwei Tage hatten ihr und Erich sichtlich gutgetan. Der Kriminalbeamte, der seit Kurzem Oberkommissar war, wirkte zufrieden. Das neue Familienglück mit Heide, Rosa und dem erwarteten Geschwisterchen für Rosa tat ihm gut. Er hatte die Schwere und die Traurigkeit des Krieges hinter sich gelassen, die ein paar Jahre lang wie ein Schatten über ihm gelegen hatten.

»Es war großartig«, sagte Rosa und fing an, wie ein Wasserfall zu erzählen. Das Mädchen ließ nichts aus. Heide und Erich hörten erstaunt zu. Als Rosa eine kurze Pause einlegte, meinte Erich: »Eigentlich hatte ich nichts anderes erwartet. Wenn man euch gemeinsam wegschickt, kann nur ein Abenteuer daraus werden.« Er formulierte seine Bemerkung möglichst neutral, um niemanden zu beleidigen. Ernestine und Anton wussten auch so, dass er es nicht gerne sah, wenn sie sich in polizeiliche Ermittlungen einmischten. Obwohl sie ihm dabei schon wichtige Dienste erwiesen hatten.

Rosa lief zum Fensterbrett. »Er ist immer noch genauso schön wie beim Wegfahren«, sagte sie stolz und zeigte auf ihren Zwetschkenkrampus.

»Das hast du Erich zu verdanken«, gab Heide zu. Sie setzte sich und legte beide Hände auf ihren riesigen Bauch.

»Warum?«

»Weil ich nach dem Kino fast einen der Dattelfüße gegessen hätte.«

»Ich habe sie davon abgehalten«, sagte Erich heldenhaft. »Zum Glück hatte ich im Kino nicht alle Schokorosinen aufgegessen. Ein paar waren noch übrig.«

»Seit wann bist du so versessen auf Süßigkeiten?«, fragte Ernestine.

»Das bin nicht ich«, sagte Heide entschuldigend, »sondern das Buzerl in meinem Bauch.«

Rosa wandte sich an Anton. Sie flüsterte bloß: »Ich hab dir doch gesagt, dass ich bald teilen muss. Wenn es mein Brüderchen jetzt schon auf meinen Krampus abgesehen hat.«

Anton wollte sie beruhigen, doch Ernestine erkundigte sich, welchen Film Heide und Erich gesehen hatten.

»Es war eine Vorpremiere. Der eigentliche Filmstart ist erst im Jänner«, sagte Heide. »Metropolis.«

»Oh, der neue große Film von Fritz Lang. Den will ich auch unbedingt sehen. Hat er euch gefallen?«

Die Meinungen waren geteilt. Während Erich begeistert schwärmte, sagte Heide: »Mir hat das alles zu lange gedauert. Es war zäh.«

»Aber Brigitte Helm war großartig, das musst du zugeben«, sagte Erich.

»Kein Wunder, sie sieht ja auch nicht aus wie ein Nilpferd, das einen Wasserball verschluckt hat.«

Erich legte seinen Arm um Heide. »Ich liebe deinen Wasserball.«

Rosa verdrehte die Augen. Sie mochte Erich sehr, aber wenn er mit ihrer Mutter turtelte, fand sie es ebenso peinlich, wie wenn Ernestine die Hand ihres Großvaters hielt.

»Von eurem Abenteuer kann man übrigens schon in der Zeitung lesen«, sagte Erich. Er stand wieder auf und ging zum Tisch, wo die Abendausgaben der Neuen Freien Presse und der Arbeiterzeitung lagen.

Die Neue Freie Presse war besonders bei Intellektuellen und der jüdischen Oberschicht beliebt. Heide mochte die Zeitung, Erich bevorzugte die Arbeiterzeitung. Anton hingegen kaufte regelmäßig die Illustrierte Kronenzeitung und das Interessante Blatt, denn in beiden Zeitungen gab es einen ausführlichen Sportteil. Wobei der Fußball über den Winter pausierte, weshalb Antons Interesse an Zeitungen sich derzeit in Grenzen hielt.

»Die Zeitungen berichten über die Kunstauktion am Semmering?«, fragte Ernestine. Sie nahm die Neue Freie Presse zur Hand und schlug sie auf. Gleich auf der zweiten Seite war eine Abbildung von Reinhard Grottenbachs »Porträt eines unbekannten Mädchens« zu sehen. Der Künstler selbst war auch abgebildet. Schüchtern blinzelte er in die Kamera.

»Ein bisher unbeachtetes Juwel eines zeitgenössischen Malers«, stand neben seinem Namen.

»Theodor Sedlaczek wird vor Wut kochen«, sagte Anton. Er konnte eine gewisse Genugtuung nicht verbergen. »Mir ist selten ein so eingebildeter Mann über den Weg gelaufen«, fuhr er fort. »Bestimmt hat er damit gerechnet, dass heute sein Bild in allen Zeitungen besprochen wird.«

»Manchmal gehen auch die raffiniertesten Pläne nicht auf«, sagte Ernestine.

»Wie meint ihr das?«, wollte Heide wissen. »Wie kann ein Künstler einen Erfolg planen?«

»Sedlaczek hat für sein Bild eine bekannte Tänzerin

gewählt und das Bild für einen wohltätigen Zweck zur Verfügung gestellt. Die Anwesenheit eines lokalen Reporters, der selbst große Pläne hat, war ihm also gewiss. Was er nicht ahnen konnte, war die Tatsache, dass zwei der Kunstwerke an diesem Wochenende von einem Witzbold versteckt wurden. Bestimmt liegt auch Grottenbachs Gemälde in irgendeiner Rumpelkammer. So lange, bis irgendwer darüber stolpert.«

»Wer auch immer es findet, wird sich freuen«, meinte Heide.

»Im Artikel wird behauptet, dass das Auffinden von Sedlaczeks Gemälde dem mutigen, klugen und tatkräftigen Einsatz eines Gendarmen zu verdanken sei«, sagte Erich.

Anton und Ernestine sahen sich an und fingen gleichzeitig zu lachen an. Es war Rosa, die antwortete: »Das ist eine Lüge. In Wahrheit haben Fritzi und ich das Bild gefunden, und dass wir beide nicht erfroren sind, haben wir Minna zu verdanken. Sie ist die klügste Hündin der Welt.« Als die Cockerspanieldame ihren Namen hörte, wedelte sie träge mit dem Schwanz. Das Wochenende hatte auch das sonst so quirlige Tier erschöpft.

»Das klingt alles sehr aufregend«, meinte Heide. Sie hievte sich umständlich aus dem tiefen Sofa.

»Du gehst morgen nicht in die Apotheke«, befand Anton. »Ich werde deinen Dienst übernehmen.«

»Das ist sehr lieb von dir, Papa. Ein bisserl Hilfe kann ich jetzt wirklich gut gebrauchen.« Heide stemmte beide Hände in den Rücken. »So und nun, junge Dame, heißt es ab ins Badezimmer, und anschließend geht's ins Bett. Oder musst du noch Hausaufgaben machen?«

»Die habe ich schon am Freitag erledigt«, erklärte Rosa.

»Sehr gut. Dann geht sich noch eine Gute-Nacht-Geschichte aus. Oder du erzählst mir noch einmal in Ruhe vom Wochenende. Ich glaube, ich habe noch nicht alles verstanden.«

Um ja keine kostbare Minute Vorlese- oder Erzählzeit zu verpassen, sauste Rosa wie ein Pfitschipfeil ins Badezimmer. Es war das Zeichen für Ernestine und Anton, sich zu verabschieden.

»Ich habe euch im Kutscherhäuschen eingeheizt«, sagte Erich. »Damit ihr keinen Kälteschock erleidet, wenn ihr zurückkommt.«

»Du bist der beste Schwiegersohn, den ich mir nur wünschen kann.« Anton hatte fest damit gerechnet, jetzt noch einheizen zu müssen. Um wie viel schöner war es da, sich einfach vor den warmen Ofen zu setzen, die zweite Kerze am Adventkranz anzuzünden und eine Tasse Kakao zu genießen. Hätte jemand Anton gefragt, er hätte sich als glücklichen Mann bezeichnet.

VIERUNDZWANZIG

14. Dezember 1926

Der nächste Morgen fing für Anton schon lange vor Sonnenaufgang an. Ernestine stand aus Solidarität mit ihm auf. »Dann bin ich eben ein paar Stunden früher in der Bücherei«, sagte sie. »Bestimmt gibt es etwas zu tun.«

»Und wenn es nichts gibt, findest du gewiss etwas.« Davon war Anton überzeugt.

»Wie meinst du das?«

»Dass du jemand bist, der es nicht schafft, einfach nichts zu tun.«

»Wäre das denn erstrebenswert?« Ernestine runzelte die Stirn. »Wenn ich mal tot bin, habe ich Zeit genug fürs Nichtstun.«

»Wer weiß«, meinte Anton. »Vielleicht gibt es auch in der nächsten Welt ehrenamtliche Arbeiten. Wie das Aufschütteln von Wolkenbetten für besonders erschöpfte Engel.«

Ernestine lachte. »Kann es sein, dass du noch müde bist?«

»Das Wochenende zeigt Spuren. Es war anstrengender, als ich zuerst dachte. Bist du denn nicht müde?«

»Keine Spur. Schließlich habe ich acht Stunden tief und fest geschlafen. Du übrigens auch.«

»Hm.« Anton griff zur Morgenausgabe der Illustrierten Kronenzeitung, schließlich gab es auch andere Sportarten wie Eishockey, Skispringen und Langlaufen. Doch er schlug bloß die erste Seite auf.

»Ich kann es nicht glauben«, brummte er. »Auch hier wird über das Verschwinden von Grottenbachs Gemälde geschrieben. Oskar Thalhammer scheint gute Kontakte in die Zeitungswelt zu haben. Der Reporter in der Kronenzeitung behauptet, dass eines der bedeutendsten Gemälde der Gegenwart gestohlen worden wäre.«

»Wir wissen doch gar nicht, ob es wirklich gestohlen wurde.«

Anton zuckte mit den Schultern. »Es ist ja auch nicht eines der bedeutendsten Gemälde. Bis vor ein paar Tagen wusste niemand, dass es überhaupt existiert.« Er kicherte. »Wobei es bestimmt berühmt wird, wenn weiter so viel darüber geschrieben wird.«

Er überflog den Artikel, faltete die Zeitung zusammen und räumte das schmutzige Geschirr in die Spüle.

»Lass nur«, meinte Ernestine. »Ich mach das schon. Geh du zu Heide und sperr die Apotheke auf.«

»Danke.« Anton, der sonst den Abwasch übernahm, schlüpfte in seinen alten Apothekermantel. Er passte ihm immer noch wie angegossen. »Gut, dass ich ihn nicht weggegeben habe.«

»Stimmt«, sagte Ernestine. »Ich nehme an, dass du ihn in den nächsten Wochen und Monaten öfter anziehen wirst.«

»Das wird nur vorübergehend sein«, sagte Anton überzeugt. Er sah den Zweifel in Ernestines Miene nicht, die damit rechnete, dass Heide auch dann noch Unterstützung brauchen würde, wenn das Kind auf der Welt war.

Sobald Anton fort war, nahm Ernestine die Zeitung und las den Artikel über Grottenbach und sein Gemälde. Der Künstler wurde in den Himmel gelobt. Seine Arbeiten wurden als völlig unterschätzt bezeichnet, es grenze an ein

Wunder, dass die Öffentlichkeit erst jetzt auf ihn aufmerksam werde. Wieder war das verschwundene Kunstwerk abgebildet. Ernestine betrachtete es eingehend. Je öfter sie das Porträt ansah, umso besser gefiel es ihr. Vielleicht war Grottenbach wirklich talentierter und bedeutender, als alle gedacht hatten? War das der Grund, warum sein Gemälde verschwunden war? Hatte man es am Ende doch nicht nur aus Jux versteckt, sondern absichtlich gestohlen?

Nachdenklich erledigte Ernestine den Abwasch, dann machte sie sich fertig und verließ das Kutscherhäuschen. Sie wollte nach Margareten, aber nicht in eine der neu gegründeten Arbeiterbüchereien, sondern in die zentrale Verwaltung, wo man seit ein paar Wochen auf ihre Hilfe zählte. Der Vorwärts-Verlag der sozialdemokratischen Partei hatte in diesem Jahr das Nachbargebäude in der Rechten Wienzeile 95 erworben. Das Gebäude war mit den zwei Vorderhäusern verbunden worden, über den Innenhof erreichte man die parteieigene Volksbuchhandlung in der Pilgramgasse 11 und 13. Der moderne Ausbau ermöglichte es, Gewerkschaft, Schutzbund und Partei unter einem Dach zu versammeln. Die Bildungsangebote, zu denen auch eine Bücherei gehörte, wurden sukzessive erweitert, denn die Nachfrage war enorm. Ernestine war nur eine von vielen ehrenamtlichen Mitarbeiterinnen, die mehrmals die Woche ihre Zeit damit verbrachten, Literatur und andere Themen zu vermitteln. Ziel war es auch, den Arbeitern und ihren Kindern einen Zugang zu höheren Schulen und schließlich zur Universität zu ermöglichen. Politische Bildung und kulturelle Teilhabe standen auf der Liste der Ziele, die verfolgt wurden. So hoffte man auf eine Demokratisierung der Gesellschaft.

Diese Werte waren ganz nach Ernestines Geschmack. Sie lief nun die Rechte Wienzeile stadtauswärts. Es hatte erheblich abgekühlt, der Himmel war wolkenverhangen, und die Luft roch nach Schnee. Mit etwas Glück würde es auch in Wien weiße Weihnachten geben. Ernestine ging an Läden vorbei, deren Schaufenster weihnachtlich dekoriert waren. Sie sah Tannenreisig, Adventkränze und glitzernde Glaskugeln.

Vor einem Gebäude mit ungewöhnlichem Treppengiebel und einer überdimensionierten Uhr an der Fassade blieb sie stehen: das Haus des Vorwärts-Verlags. Ernestine durchschritt das Haupttor, querte die Halle und gelangte über Treppen und Gänge zur Bücherei. Schon beim Betreten wehte ihr der vertraute Geruch nach Papier, Leder und ein bisschen Staub in die Nase. Eine ehrfürchtige Stille lag in den Räumen, denn es wurde bloß geflüstert. Die Tür zum kleinen Lesesaal stand offen, Tische mit Leselampen und Sessel luden zur Lektüre ein. Ernestine ging auf den langen Tresen im Vorraum zu, hinter dem zwei Mitarbeiterinnen saßen und Bücher katalogisierten.

Mitzi Brunner hob den Kopf, als sie Ernestine erkannte. Verwundert blickte sie auf ihre Armbanduhr. »Oh, wie schön. Ist es etwa schon so spät?«

Mitzi war Mitarbeiterin in der Volksbuchhandlung, half aber auch in der Bücherei aus. Sie war dreißig und engagiertes Parteimitglied. Immer wieder versuchte sie, ihre Kollegin zu überreden, den Sozialdemokraten beizutreten, doch Ernestine weigerte sich hartnäckig. Es war eine Sache, sich für die Bildung aller einzusetzen, und eine andere, einer Partei beizutreten. Zu diesem Schritt konnte und wollte sie sich nicht durchringen.

»Ich bin bloß früher dran als sonst«, sagte Ernestine. »Gibt es etwas, das ich tun kann?«

»Oh, das gibt es immer«, meinte Mitzi. »Eben habe ich einen ganzen Ordner alter Kulturzeitschriften erhalten. Wir sind nicht sicher, ob wir sie aufheben und archivieren sollen oder doch verheizen können. Würdest du einen Blick darauf werfen? Bestimmt kannst du abwägen, ob sie für unsere Leser von Nutzen sind.«

Es schmeichelte Ernestine, dass man ihre Expertise derart schätzte, aber sie war sich nicht sicher, ob sie erfüllen konnte, was man von ihr erwartete. Sie war pensionierte Lateinlehrerin, von Kunst verstand sie nun wirklich nicht viel, wie ihr erster Eindruck von Reinhard Grottenbachs »Porträt eines unbekannten Mädchens« gezeigt hatte.

»Ich kann es versuchen«, meinte sie vorsichtig. »Wo sind die Zeitschriften?«

»Ich habe die Kiste dort neben den Tisch gestellt.« Mitzi wies zu einer Eckbank, wo die Mitarbeiter sich gerne auf ein Häferl Kaffee zusammensetzten und eine kurze Pause einlegten.

Ernestine legte den Mantel ab, trug ihn in die Garderobe und widmete sich dann der Kiste. Sie war verstaubt. Mit spitzen Fingern öffnete sie den Karton.

Ausgaben von »Kunst und Handwerk« lagen obenauf. Die Zeitschrift arbeitete eng mit der Wiener Werkstätte zusammen. Ernestine schlug eine der Ausgaben auf. Es fanden sich Stoffe der Firma Backhausen. Ihre neuen Pölster fielen ihr ein. Sie passten perfekt ins Kutscherhäuschen, genau wie sie erwartet hatte. Neugierig blätterte sie die Seiten durch. War am Ende auch das Muster der neuen Kissen dabei? Ernestine entdeckte eine Menge aufregender Ornamente, nicht aber das liebliche Blumenmuster. Sie befand, dass alle Ausgaben der Zeitschrift würdig waren, aufgehoben zu werden. Sorgfältig stapelte sie alle zu einem Stoß. Unter »Kunst und Handwerk« lagen mehrere Ausgaben der Zeitung »Die Aktion«, einer expressionistischen Kulturzeitschrift, die seit 1911 regelmäßig erschien. Anscheinend hatte man von der ersten Ausgabe weg ausnahmslos alle Nummern der Zeitschrift in diesem Karton verstaut. Ernestine langte nach einer der ersten Ausgaben. Sie stammte vom Oktober 1911, das Titelbild war ein Gemälde von Ernst Ludwig Kirchner aus dem Jahr 1906. In einem Text neben Kirchners Kunstwerk wurde ein Artikel über den spektakulären Diebstahl eines Bildes aus dem Louvre angekündigt. Neugierig blätterte Ernestine zu dem Beitrag. Wenn sie in dem Tempo weiterarbeitete, würde sie Wochen für die Durchsicht benötigen. Doch es gab zu viel Spannendes zu entdecken. Interessiert las sie die Überschrift: »Nach dem sensationellen Kunstraub aus dem Louvre fehlt immer noch jede Spur von Leonardo da Vincis ›La Gioconda‹, der Heiteren. Wo mag sich das Kunstwerk befinden?« Ernestine überflog den Artikel, in dem das Gemälde als mittelmäßig und wenig bemerkenswert beschrieben wurde. Niemand habe ihm sonderlich viel Beachtung geschenkt, weshalb erst ein paar Tage nach dem Verschwinden auffiel, dass es fehlte. Ernestine legte die Zeitschrift auf den Tisch. Wie konnte es sein, dass eines der berühmtesten Bilder der Welt in dieser Zeitschrift als mittelmäßig beschrieben wurde?

Sie nahm die nächste Ausgabe aus der Kiste. Auch hier wurde der Diebstahl erwähnt, genau wie in allen weiteren Ausgaben. Im Sommer 1912 wurde die Mona Lisa auf einmal als das bedeutendste Kunstwerk da Vincis bezeichnet. Im Annoncenteil der Zeitung gab es Werbeeinschaltungen für Kunstdrucke mit der Lächelnden. »Erstehen Sie das berühmteste Kunstwerk der Renaissance und schmücken Sie Ihr Wohnzimmer damit«, war zu lesen. Innerhalb eines Jahres war aus einem wenig beachteten Gemälde das meistgesuchte Kunstwerk Europas geworden. Man wollte sich Nachdrucke ins Wohnzimmer hängen und kaufte Kaffeehäferl, auf die das Gesicht der »Heiteren« aufgedruckt war. Ernestine holte weitere Ausgaben der Zeitschrift aus der Kiste und suchte nach Beiträgen über »La Gioconda«. Im Dezember zierte das Bild sogar den Umschlag der expressionistischen Kunstzeitschrift. Grund dafür war die Tatsache, dass die Mona Lisa jetzt wieder im Louvre hing. Ein gewisser Peruggia hatte versucht, das Gemälde in Florenz zu verkaufen, worauf die italienische Polizei mit den französischen Kollegen Kontakt aufnahm und das Kunstwerk wieder nach Paris gebracht werden konnte.

Nachdenklich schlug Ernestine die Zeitschrift wieder zu. Was für eine sensationelle Geschichte. Sie hatte nicht gewusst, dass die Mona Lisa gestohlen worden war. Das Ereignis war an ihr vorübergegangen, wahrscheinlich, weil sie 1911 mit anderem beschäftigt gewesen war. Damals war die Miete für ihre winzige Ein-Zimmer-Wohnung immer höher gestiegen, und sie hatte gewusst, dass sie sich diese Wohnung eines Tages mit ihrer mickrigen Pension als Lehrerin nicht mehr würde leisten können. Und so hatte Ernestine sich vor allem dem Immobilienteil der Zeitungen gewidmet.

In Gedanken versunken fasste Ernestine in ihre Westentasche, auf der Suche nach einem Zettel, um sich ein paar

Notizen zu machen. Sie fand bloß das zerknüllte Stück Papier, das Fanny, das Stubenmädel, ihr im Zug gegeben hatte. Es war eine handgeschriebene Rechnung mit einem Firmenstempel. Ernestine wollte die Quittung schon umdrehen, als sie erkannte, um was für eine Rechnung es sich handelte. Sie unterdrückte einen Schrei der Überraschung.

Neugierig hob Mitzi den Kopf. »Nanu? Sind die Zeitschriften so aufregend?«

»Ich denke, ja«, sagte Ernestine. »Sie sind erhellend.«

»Das heißt, wir sollen sie aufheben?«, fragte Mitzi.

»Unbedingt!«

»Dann leg alle zurück in den Karton. Ich werde sie am Nachmittag katalogisieren«, sagte Mitzi.

Ernestine schlichtete die Zeitungen zurück, klappte den Karton wieder zu und ging zur Toilette, um sich den Staub von den Fingern zu waschen. Als sie zu Mitzi zurückkehrte, entschuldigte sie sich bei ihr. »Es tut mir leid. Ich muss dringend noch etwas besorgen.«

»Oh, erinnere mich bloß nicht«, sagte Mitzi. »Ich habe noch so eine lange Liste, die bis Weihnachten abgearbeitet werden muss. Gehst du Geschenke einkaufen?«

»Nein«, entgegnete Ernestine. »Ich muss eine Frage beantworten.«

Mitzi hob erstaunt die schmal gezupften Augenbrauen, doch Ernestine war schon auf dem Weg zur Garderobe, um ihren Mantel zu holen. Sie hatte es auf einmal sehr eilig.

»Bis nächste Woche!« Sie winkte der Bibliothekarin zu und lief aus dem Gebäude. Ihr Ziel war die Innenstadt. Genauer gesagt, die Singerstraße im ersten Bezirk.

FÜNFUNDZWANZIG

Als Ernestine die Straßenbahn am Ring verließ und in Richtung Innenstadt zur Singerstraße lief, fielen die ersten Schneeflocken vom Himmel. Zuerst noch zaghaft, doch dann immer dichter segelten dicke weiße Flocken vom Himmel. Noch schmolzen sie auf dem Kopfsteinpflaster, aber das würde sich bald ändern. Ernestine stellte den Kragen ihres Mantels auf, schaute in den Himmel und konnte nicht anders, sie freute sich wie ein Kind. Es war jedes Jahr dasselbe. Sobald in Wien der erste Schnee fiel, verlangsamte sich das Tempo in der Stadt. Die Geräusche wurden leiser, klangen gedämpfter, und die Luft schien mit einem Mal sauber und frisch. Es war, als würde die weiße Pracht einen Zauber über die Stadt legen, der die Menschen friedlicher werden ließ.

Ernestine kam an einem Stand vorbei, wo Christbäume verkauft wurden. Ein Bauer aus der Steiermark bot Tannen in unterschiedlichen Größen an. Ernestine musste Anton daran erinnern, rechtzeitig einen Baum zu besorgen. Zuckerwerk und Schokoladebehang konnte sie selbst am Nachhauseweg am Graben mitnehmen.

Vor einem kleinen, unscheinbaren Laden in der Singerstraße machte sie halt. Zwei Stufen führten in ein Souterrain und vor eine weinrote Holztür. Ein kleiner Kranz aus grünem Tannenreisig hing daran. Ernestine öffnete, ein fröhliches Klingeln kündigte sie an. Es dauerte einen Moment, bis ihre Augen sich an die Dunkelheit gewöhnt hatten. Es roch nach Metall, Wachs, Schmieröl und Leder.

Eine einzelne Lampe, die von der Decke über dem Tresen baumelte, sorgte für schummriges Licht. Der Mann, der über ein Werkstück gebeugt saß, blickte auf und musterte Ernestine. Er trug einen grauen Arbeitsmantel und hatte eine Metallbrille auf der Nase.

»Grüß Gott«, sagte er finster. Ihn hatte die Wirkung des Schneezaubers noch nicht erreicht. Er sah aus, als hätte Ernestine ihn eben bei einer heiklen Aufgabe gestört.

»Sind Sie Leopold Reimer, der Inhaber des Ladens?«

»Ja.« Er runzelte die Stirn und legte eine Feile weg. Seine Hände waren dreckig. Notdürftig wischte er sie an einem fleckigen Tuch ab.

Ernestine hielt sich nicht mit leeren Floskeln auf und kam direkt auf den Punkt. »Haben Sie diese Rechnung ausgestellt?« Sie schob dem Mann die Quittung über den Tresen.

»Wenn mein Name draufsteht, wird es wohl so gewesen sein«, sagte er. »Warum wollen Sie das wissen? Wer sind Sie überhaupt?«

»Oh, bitte verzeihen Sie«, entschuldigte sich Ernestine. »Wie unhöflich von mir. Das muss am Schnee draußen liegen. Ich bin ganz entzückt.«

»Schneit es etwa?« Der Mann stand von seinem Hocker auf, ging zu dem kleinen Fenster neben der Tür und spähte hinaus. Er musste sich bücken und den Kopf verdrehen, da sich sein Geschäftslokal zur Hälfte unter der Erde befand.

»Tatsächlich!«, meinte er. »Es gibt also doch noch weiße Weihnachten. Das heißt Schnee schaufeln und doppelt so viel heizen.« Er schien alles andere als erfreut zu sein. Mit mürrischer Miene kehrte er zu Ernestine zurück. Was für ein seltsamer Mann, dachte Ernestine.

»Ich bin Ernestine Kirsch«, stellte sie sich vor. »Ich bin Lateinlehrerin im Ruhestand und auf der Suche nach der Person, die bei Ihnen diese Rechnung beglichen hat.«

Argwöhnisch kniff der Mann die Augen zusammen. Er blinzelte über den Rand seiner Brille. »Warum ist das wichtig?«

»Es geht um den Diebstahl eines Bildes. Ich habe Grund zur Annahme, dass es mit Hilfe dieses Gegenstands entwendet wurde.« Sie tippte auf die Rechnung.

»Ich führe über die Namen meiner Kunden nicht Buch«, sagte der Mann grimmig. Ernestine glaubte ihm kein Wort. Bestimmt hielt er die Namen in einem Auftragsbuch fest. Wie sonst wollte er wissen, wer welche Bestellung abgegeben hatte?

»Können Sie sich an diesen Auftrag erinnern?«, fragte sie erneut. »Sie haben die Rechnung im Sommer ausgestellt.«

»Haben Sie eine Ahnung, wie viele Rechnungen ich im Laufe eines Jahres schreibe? Wenn ich mir zu jeder einen Namen merke, würde mir das Hirnkastel platzen.«

»Wäre es Ihnen lieber, ich würde die Polizei um Hilfe bitten?«, fragte Ernestine. »Mein Schwiegersohn ist Oberkommissar.« Das entsprach nicht ganz der Wahrheit, doch hätte Ernestine angefangen, ihre Beziehung zu Erich zu erklären, wäre alles nur unnötig kompliziert geworden und hätte den gewünschten Effekt wohl gemindert.

Ihr Plan ging auf. Die Erwähnung der Polizei missfiel dem Handwerker. Mit grimmiger Miene nahm er die Rechnung entgegen. Seine Finger waren trotz des Abwischens schwarz. »Ich glaube, ich kann mich dunkel an die Kundschaft erinnern«, gab er zu, blieb aber weiter auf der Hut. »Ich habe keinen Namen mehr im Kopf.«

»Können Sie die Person beschreiben?« Ernestine blieb hartnäckig.

»Ich schaue die Menschen nicht so genau an. Äußerlichkeiten sind mir nicht wichtig.«

»Vielleicht ist Ihnen irgendetwas Auffälliges im Gedächtnis geblieben. Bitte versuchen Sie, sich zu erinnern«, bat Ernestine.

Der Mann schüttelte den Kopf und schwieg beharrlich.

»Das ist sehr schade«, sagte Ernestine. »Dann werde ich wohl doch meinen Schwiegersohn um Hilfe bitten müssen.«

»Es war ein Herr«, gab Leopold Reimer zu. »Ich kann mich an ihn erinnern, weil es mir seltsam vorkam, dass jemand einen Schlüssel nach einem Gipsabdruck anfertigen ließ. Aber er hatte eine plausible Erklärung: Angeblich hat er den Abdruck vom Schlüssel seiner Frau gemacht, die ihn aber benötigte, weshalb er ihn mir nicht bringen konnte. Er wirkte ehrlich. Ich habe ihm geglaubt. Kriminelle schauen anders aus. Ich hab da so meine Erfahrungen, das können Sie mir glauben. Als Schlosser kommt einem manches unter.«

»Hatte der Mann irgendwelche Besonderheiten?«

Leopold Reimer verzog den Mund. Er sah zum Fenster hinaus, als wäre dort die Antwort auf Ernestines Frage zu finden. Als sie schon die Hoffnung aufgeben wollte, sagte er: »Ja, da war was.« Er senkte die Stimme und flüsterte, als könnte ihn irgendjemand hören. Ernestine spitzte fasziniert die Ohren. Es war genau das, was sie erwartet und erhofft hatte.

»Vielen Dank«, sagte sie. »Sie haben mir sehr weitergeholfen.«

Sie konnte nun doch nicht, wie eigentlich geplant, weitergehen zu Altmann & Kühne am Graben. Dieser Weg musste warten. Jetzt brauchte sie dringend ein Postamt. Es galt, ein wichtiges Telefonat zu führen, um noch eine letzte Frage zu beantworten, damit sie endgültig Gewissheit bekam.

SECHSUNDZWANZIG

Zur Abwechslung kam Erich pünktlich nach Hause. Der Schnee schien auch die Gangster in Wien friedlich zu stimmen, er hatte einen ruhigen Arbeitstag hinter sich. Während Anton wie früher in der Apotheke stand, hatte Heide sich ums Abendessen gekümmert. Es gab Eiernockerl mit einem Salat aus Roten Rüben, den Anton im Sommer eingekocht hatte. Mehrere Gläser lagerten in der Vorratskammer.

Ernestine wartete bis nach dem Essen, um ihre Neuigkeiten zu erzählen. Es kostete sie Überwindung, denn zu gerne wäre sie gleich damit rausgerückt. Doch sie hielt sich zurück, bis auch der Abwasch erledigt war.

»Ich weiß jetzt, wer das Gemälde gestohlen hat«, platzte sie schließlich heraus. »Und ich bin mir sicher, dass das Kunstwerk in ein paar Wochen oder Monaten wiederauftauchen wird.«

»Muss ich gehen, oder darf ich bleiben?«, fragte Rosa. Für gewöhnlich musste sie das Wohnzimmer verlassen, wenn über Mord und Totschlag, Diebstahl und Raub gesprochen wurde.

»Du kannst gerne bleiben«, sagte Ernestine. »Es geht zwar um eine kriminelle Handlung, aber es wird nicht blutig.«

Aufgeregt stützte Rosa die Ellbogen am Tisch ab und legte das Kinn in die Hände.

»Na, da bin ich ja sehr gespannt«, meinte Erich. »Erzähl schon, lass uns nicht länger warten.«

»Ich war heute in Margareten in der Arbeiterbücherei«,

fing Ernestine an. »Dort habe ich alte Kunstzeitschriften durchgesehen.«

»Ich glaube, das wird eine längere Erklärung«, bemerkte Anton. »Vielleicht sollten wir zuvor die Nachspeise servieren. Habt ihr noch die Lebkuchen, die wir vom Semmering mitgebracht haben?«

Erich lachte. »Ja natürlich. Es war ja ein ganzes Sackerl voll. Ich hole sie, und der Kaffee müsste auch schon fertig sein.« Er stand auf, ging in die Küche und kehrte mit einem Tablett zurück, auf dem sich Malzkaffee, Milch und Lebkuchen befanden.

»Was hast du in den Zeitschriften gefunden?«, wollte Heide wissen.

»Einen Artikel über die Mona Lisa.«

»Das Gemälde von Leonardo da Vinci, das in Paris im Louvre hängt?«, fragte Erich. »Das kennt doch jeder. Es ist eines der bekanntesten Kunstwerke der Welt.«

Ernestine nickte. »Ja, das ist es. Aber wusstet ihr, warum es so berühmt ist?«

»Wegen des geheimnisvollen Lächelns«, sagte Anton. »Wobei ich zugeben muss, ich habe nie verstanden, was daran so einzigartig sein soll.«

»Du hast das Bild ja auch noch nie in natura gesehen«, widersprach Heide.

»Vielleicht sollten wir das eines Tages nachholen«, überlegte Ernestine.

»Eine Reise nach Paris?«, fragte Anton entsetzt. »Vorerst hat mir der Semmering schon gereicht.«

»Wenn ihr nach Paris fahrt, will ich mitkommen«, sagte Rosa.

»Wir fahren nicht nach Paris«, stellte Anton klar.

Ernestine lächelte bloß und fuhr dann mit ihrer Erzählung fort. »Ursprünglich war ›La Gioconda‹, wie sie in Italien genannt wird, kein berühmtes Gemälde. Es war bloß eines von vielen, die im Louvre ausgestellt waren. Deshalb fiel es auch niemandem auf, als es am 21. August 1911 aus dem Pariser Museum gestohlen wurde.«

»Die Mona Lisa wurde gestohlen? Das ist an mir vorbeigegangen«, gab Erich zu.

»Die Geschichte verbreitete sich über die ganze Welt«, sagte Ernestine. »In allen Zeitungen wurde darüber berichtet. Das Gemälde wurde millionenfach abgedruckt, die Geschichte war in aller Munde. Jeder kannte es plötzlich, vom einfachen Tellerwäscher bis zum Bankier, von der Arbeiterin in der Hutfabrik bis zur Salondame. Alle hatten eine Vorstellung davon, wie die Mona Lisa aussah. Erst mit dem Diebstahl wurde das Gemälde zum berühmtesten und am häufigsten nachgedruckten Kunstwerk der Welt.«

»Aber es hängt doch wieder im Louvre. Oder?«, fragte Erich vorsichtig.

»Ja, seit Dezember 1913«, sagte Ernestine. »Der Dieb hatte versucht, es in Florenz zu verkaufen.«

»Was hat die Mona Lisa mit unserem Wochenende am Semmering zu tun? Du willst doch nicht andeuten, dass eines der dort zum Verkauf angebotenen Kunstwerke nur annähernd so berühmt ist wie ein Gemälde von Leonardo da Vinci.«

Ernestine lächelte. »Was ich sagen will: Warum ein Gemälde berühmt wird, hängt von vielen Komponenten ab. Es kann am Modell liegen oder am Künstler – oder aber, weil es unter viel öffentlicher Aufmerksamkeit gestohlen wird.«

»Du meinst, dass Sedlaczek oder Grottenbach selbst hinter dem Diebstahl stecken?«, fragte Heide.

»Ja. In dem Fall war es Reinhard Grottenbach.«

»Aber warum hat er auch das Gemälde von seinem Rivalen versteckt?«, fragte Anton.

»Hätte er nur sein eigenes Bild verschwinden lassen, hätte das niemanden großartig aufgeregt. Man hätte wahrscheinlich nicht einmal danach gesucht. So aber erhielt sein ›Porträt eines unbekannten Mädchens‹ fast genauso viel Aufmerksamkeit wie die ›Darstellung einer Tänzerin‹.«

»Aber der Schuss hätte doch auch nach hinten losgehen können«, meinte Anton. »Oskar Thalhammer hätte genauso gut einen Artikel schreiben können, in dem er über das verschwundene und wiedergefundene Gemälde berichtet.«

»Das ist sehr unwahrscheinlich«, sagte Ernestine. »Lies doch die Zeitungen. Es sind immer die negativen Sensationsnachrichten, nach denen die Menschen gieren. Wer will schon etwas Positives lesen!«

»Also, ich würde mich darüber freuen«, meinte Anton.

»Wahrscheinlich würden sich mehrere Menschen freuen«, gab Ernestine zu. »Und trotzdem steigt die Auflage von Zeitungen, je bedrohlicher und reißerischer die Beiträge sind.«

»Das ist eine interessante Theorie«, sagte Erich. »Aber wo sind deine Beweise?«

»Erinnert ihr euch an den Zettel, den das Stubenmädchen Fanny mir im Zug gegeben hat? Es war die Rechnung eines Schlossers, der Schlüssel nachmacht.«

»Ja und?«, fragte Erich.

»Sie hat den Zettel in Reinhard Grottenbachs Sakko gefunden. Der Künstler war schon im Sommer einmal im

Südbahnhotel. Damals hat er den Generalschlüssel an sich genommen. Fanny hat uns doch erzählt, dass ihr Schlüssel für ein paar Stunden weg war. Grottenbach hat einen Gipsabdruck davon gemacht, bevor er den Schlüssel wieder zurücklegte.«

»Und die Rechnung hat er in seiner Sakkotasche vergessen? Das erscheint mir sehr leichtsinnig«, meinte Erich.

»Du hast den Mann nicht gesehen«, sagte Ernestine. »Er wirkte ein wenig ungepflegt. Bestimmt bringt er sein Sakko nur alle paar Jahre mal in die Reinigung. Und gewiss hat er nicht damit gerechnet, dass Frau Hofmeister sich in seiner Nähe übergeben wird und ausgerechnet Fanny das Sakko waschen und ausbürsten muss.«

Heide überlegte. »Warum hat Fanny nicht selbst über die Rechnung nachgedacht?«

»Ich glaube, sie hat den Zettel nicht einmal angesehen, sondern einfach nur weggesteckt«, sagte Ernestine.

»Und wann soll Grottenbach das Gemälde aus dem Raum geholt haben?«, fragte Anton. »Es war immer jemand im Speisesaal oder in der Nähe, und Direktor Silberstein hat behauptet, dass am Nachmittag noch alle Kunstwerke da gewesen wären.«

»Kannst du dich erinnern, wie der Christkindlmarkt eröffnet wurde? Alle waren im Innenhof, um beim feierlichen Aufleuchten des Weihnachtsbaums dabei zu sein. Grottenbach aber ist ins Hotel gelaufen, angeblich, weil er ein Taschentuch brauchte. Nachdem er doch seines zuvor den Kindern geschenkt hatte. Er hätte also einen guten Vorwand gehabt, wenn man ihn gefragt hätte. Was aber gar nicht der Fall war. Denn der gute Kommissar Polster war vor allem am Kakao mit Rum interessiert.«

Rosa kicherte hinter vorgehaltener Hand.

»Hat der Schlosser Grottenbach identifiziert?«, wollte Erich wissen.

»Er hat gesagt, dass der Kunde eine Beinprothese hatte. Ich bin davon überzeugt, dass er ihn wiedererkennen würde.«

»Hast du vor, ihn anzuzeigen?«, fragte Heide.

Ernestine wiegte nachdenklich den Kopf. »Ich weiß nicht«, sagte sie. »Es hat ja niemand einen Schaden davongetragen. Der Artikel über das Südbahnhotel war durchwegs positiv. Das Wochenende hat Silberstein also die erhoffte Werbung gebracht. Ich bin davon überzeugt, dass er sich in den nächsten Wochen nicht über fehlende Gäste beschweren kann. Sedlaczeks Bild wurde verkauft, und wenn Grottenbach sein eigenes Bild wiederauftauchen lässt, werden wir sehen, ob er von den Artikeln über seine Person profitieren kann.«

»Denkst du, dass sein Gemälde so berühmt wird wie die Mona Lisa?«, fragte Rosa.

Ernestine lachte. »Nein, das glaube ich nicht. Wahrscheinlich muss Grottenbach sich auch beeilen, denn bald wird niemand mehr über sein verschwundenes Porträt berichten. Es ist bloß ein kurzes Zeitfenster, das ihm zur Verfügung steht.«

»Das heißt, er muss noch einmal ins Südbahnhotel fahren, wenn er das Bild dort versteckt hat«, überlegte Anton.

»Ich bin davon überzeugt, dass er es mit nach Hause genommen hat«, erklärte Ernestine. »Kannst du dich an den großen Koffer erinnern, den er bei sich hatte?«

»Alle Gäste sind mit riesigem Gepäck angereist«, sagte Anton.

»Außer uns!« Rosa hob den Zeigefinger. »Fritzi ist sogar im Pyjama zum Abendessen gegangen, weil sein Hemd nass war.«

»Er ist was?«, fragte Heide entsetzt.

Rosa schüttelte den Kopf. »Niemand hat es gesehen.«

»Es ist richtig, dass alle Gäste mit großem Gepäck angereist sind«, stimmte Ernestine zu. »Deshalb fiel Grottenbachs Koffer auch nicht auf. Was jedoch auffallend war, war die Tatsache, dass er keinerlei Ersatzkleidung mithatte. Genau wie Fritzi. Deshalb musste Fanny nämlich sein Sakko reinigen. Ich gehe sogar einen Schritt weiter und wage zu behaupten, dass Herrn Grottenbachs Garderobe grundsätzlich überschaubar ist. Sein Mantel war ebenso abgetragen wie sein Anzug. Wahrscheinlich war sein Koffer bei der Anreise größtenteils leer, und bei der Abreise befand sich sein eigenes Bild darin.«

»Der Mann hätte ein bisserl Erfolg durchaus nötig«, überlegte Anton.

»Aber sein Ruhm wäre erschummelt«, wandte Heide ein.

»Ja, das wäre er«, sagte Ernestine. »Aber ist so ein kleiner Trick verwerflich? Andere Künstler werden berühmt, weil sie die richtigen Menschen kennen. Denkt ihr, dass ein Pablo Picasso so viel Erfolg hätte, wenn sein Vater nicht auch Künstler gewesen wäre, der Pablo schon von klein auf in die richtigen Kreise einführte?« Sie machte eine nachdenkliche Pause. »Picasso wurde übrigens auch beschuldigt, die Mona Lisa gestohlen zu haben. Man entdeckte dann, dass er unrechtmäßig im Besitz iberischer Steinmasken war. Er behauptete, er habe sie bloß geliehen, und es ist ihm nie etwas passiert.«

»Es ist trotzdem nicht richtig, was Grottenbach gemacht hat«, beharrte Heide.

»Das behaupte ich ja auch nicht«, entgegnete Ernestine. »Aber es ist bald Weihnachten. Niemand ist zu Schaden gekommen. Wir haben die Wahrheit herausgefunden, aber sie mit der Öffentlichkeit zu teilen, würde nur bedeuten, einen mittellosen, aber talentierten Künstler hinter Gitter zu bringen. Und dass Grottenbach malen kann, ist unbestritten. Sein Gemälde ist auf jeden Fall besser als das von Sedlaczek.«

»Du willst also nichts unternehmen?«, fragte Erich.

»Nein.«

Erich zuckte mit den Schultern. »Mir soll es recht sein«, meinte er. »Schließlich war ich nicht dabei. Und auch der Gendarmerie sei der kleine Erfolg gegönnt.«

Nun verzog Ernestine den Mund. »Na ja, dem aufgeblasenen Polster hätte eine Lektion nicht geschadet. Aber wie gesagt, es ist Weihnachten, da wollen wir Nachsicht walten lassen.«

»Ich bin froh, dass du die Lösung gefunden hast«, sagte Anton. »Andernfalls wären die nächsten Tage und Wochen sehr anstrengend geworden und der Weihnachtsfrieden bloß ein frommer Wunsch geblieben.«

»Wie meinst du das?«, fragte Ernestine.

»Ach, nur so«, sagte Anton und rührte in seinem Kaffee. Alle anderen verkniffen sich ein Schmunzeln.

Ernestine beließ es dabei. Sie richtete ihren Blick zum Fensterbrett, wo zwar noch der Zwetschkenkrampus stand, der Schokonikolaus aber weg war.

»Rosa, hast du deinen Nikolaus gegessen?«, fragte sie erstaunt.

»Ich habe ihn mit Fritzi geteilt«, sagte Rosa.

»Wie das? Hat er seinen etwa allein aufgegessen, und du hast ihn dafür noch belohnt?«

»Aber nein«, entgegnete Rosa. »Als Fritzi heimkam, war sein Nikolaus weg, weil seine Brüder ihn aufgefuttert haben. Und damit er nicht traurig ist, hab ich beschlossen, meinen mit ihm zu teilen.«

»Das war sehr lieb von dir«, sagte Anton.

»Und garstig von Fritzis Brüdern«, erklärte Erich.

»Fritzi meint, dass das eben so ist, wenn man Geschwister hat.« Rosa sah auf Heides Bauch.

»Hast du Bedenken, dass dein Geschwisterchen dir was wegnehmen wird?«, fragte Heide sanft.

Rosa lief rot an. Die Frage war ihr sichtlich peinlich. Sie schwieg.

»Komm her, mein Schatz.« Heide breitete die Arme aus. »Schon möglich, dass ihr euch streiten werdet. So ist das hin und wieder unter Geschwistern.«

Rosa ließ sich von Heide umarmen. Sie legte ihren Kopf auf den Bauch ihrer Mutter.

»Aber in erster Linie kriegst du jemanden, den du lieb haben kannst. Einen Bruder oder eine Schwester. Und dein Geschwisterchen wird dich auch lieb haben. Das ist das größte Geschenk, das man bekommen kann.«

»Und wenn einer von euch beiden mal zu wenig Süßigkeiten hat, dann kommt ihr zu mir«, sagte Anton. »Ich habe immer ein offenes Ohr für euch, wir finden schon eine Lösung.«

Rosa hob den Kopf. »Ich glaube, das hat mein Geschwisterchen gehört«, sagte sie zu Anton. »Das ist ein Versprechen, Opa, das kannst du jetzt nicht mehr zurücknehmen.«

»Würde ich nie machen«, meinte Anton. Um zu beweisen, wie ernst es ihm mit seinem Vorschlag war, reichte er Rosa seinen angebissenen Lebkuchen.

»Lass nur, Opa. Ich komme in ein paar Monaten zu dir. In den letzten Tagen hab ich so viel Süßes gegessen, dass es vorerst reicht.«

»Du bist sehr vernünftig«, sagte Anton. »Von mir hast du das nicht.« Er verspeiste seinen Lebkuchen allein und langte dann nach einem weiteren Stück. Schließlich war nur einmal im Jahr Advent.

Nachwort

Liebe Leser:innen,

an dieser Stelle oute ich mich als großer Weihnachtsfan. Ich liebe den Advent mit allem Kitsch, der dazugehört. Aus diesem Grund schreibe ich gerne Geschichten, die in dieser für mich schönsten Zeit des Jahres spielen.

Als Autorin finde ich die Kombination aus Vorweihnachtszeit und Krimi ein bisserl problematisch, denn es ist eine große Herausforderung, die Balance zwischen Spannung und Wohlfühlgeschichte zu halten. Ich hoffe, dass das gelungen ist.

Ich habe diese Geschichte am Semmering angesiedelt, weil es der Ort war, an dem die Serie mit Ernestine und Anton ihren Anfang nahm. Damals ahnte ich nicht, dass ich das Duo in so viele Abenteuer schicken darf. Umso schöner ist es, dass in diesem Jahr nicht nur der zehnte Band der Serie erscheinen wird, sondern die beiden auch eine unblutige Weihnachtsgeschichte bekommen haben.

Das Südbahnhotel ist ein wundervoller Schauplatz, das traditionsreiche Hotel kann auf eine lange Geschichte zurückblicken. Es wurde bereits 1882, im Zuge der Errichtung der Semmeringbahn, erbaut und war eines der größten Luxushotels der damaligen Zeit. Es bot zahlungskräftigen Gästen alle nur erdenklichen Annehmlichkeiten.

Dank der neuen Eisenbahnstrecke war schon damals die Passhöhe von Wien aus in einer Fahrtzeit unter zwei Stunden zu erreichen, was den Wienerinnen und Wienern die

Möglichkeit bot, rasch in die Berge zu kommen. Die Einzigartigkeit der Landschaft und die gigantische technische Leistung der Eisenbahnbauer zogen rasch wohlhabende Städter an, die hier Urlaub machten oder sich luxuriöse Villen bauen ließen.

Ich möchte mich an dieser Stelle ganz herzlich bei Christian Zeller, dem heutigen Besitzer des Hotels, bedanken, der einen Rundgang durchs Hotel ermöglichte, und auch bei Stefan Wollmann, der Hans Jürgen Stockerl, dem Hörbuchsprecher der Reihe, und mir das Hotel gezeigt und uns so einen Einblick in ein Stück österreichischer Geschichte gewährt hat.

Mein ganz besonderer Dank gilt diesmal meiner Lektorin Uta Rupprecht und der Lektorin Stefanie Rahnfeld vom Emons Verlag, die dem Ehepaar Kruger den charmanten schwäbischen Dialekt gegeben haben. Ich hätte das niemals so hingekriegt.

Danke an meine Tochter Ida und meine Freundin Eva, die wie immer rasch Probe gelesen haben. Und vielen Dank an Nina Schäfer, die das Buch in ein wunderschönes Cover gepackt und so auch für mich zu einem kleinen Weihnachtsgeschenk gemacht hat.

Ich hoffe, dass bei Ihnen, liebe Leser:innen, bei der Lektüre so viel Vorweihnachtsfreude aufgekommen ist wie bei mir während des Schreibens, und wünsche Ihnen allen eine wunderschöne und friedliche Zeit im Kreis Ihrer Lieben.

Herzlichst
Ihre Beate Maly

Weitere Bücher von Erfolgsautorin Beate Maly

Alle Titel sind auch als eBook erhältlich.

Historische Kriminalromane
mit Ernestine Kirsch und Anton Böck:

Tod am Semmering
ISBN 978-3-95451-995-8

Tod an der Wien
ISBN 978-3-7408-0221-9

Mord auf der Donau
ISBN 978-3-7408-0456-5

Tod in Baden
ISBN 978-3-7408-0659-0

Mord im Auwald
ISBN 978-3-7408-0918-8

Mord auf dem Eis
ISBN 978-3-7408-1202-7

Mord auf der Trabrennbahn
ISBN 978-3-7408-1585-1

Mord im Filmstudio
ISBN 978-3-7408-1736-7

Mord im Böhmischen Prater
ISBN 978-3-7408-2327-6

Historische Kriminalromane mit Kommissar Max von Krause:

Mord in der Wiener Werkstätte
ISBN 978-3-7408-1679-7

Gold aus der Wiener Werkstätte
ISBN 978-3-7408-2373-3

Weihnachtskrimi:

Mord im Stadtpalais
ISBN 978-3-7408-2051-0